삼겹살

삼겹살 1 (큰글씨책)

초판 1쇄 발행 2018년 6월 18일

지은이 정형남
펴낸이 강수걸
편집장 권경옥
펴낸곳 산지니
등록 2005년 2월 7일 제 333-3370000251002005000001호
주소 부산광역시 해운대구 수영강변대로 140 BCC 613호
전화 051-504-7070 | 팩스 051-507-7543
홈페이지 www.sanzinibook.com
전자우편 sanzini@sanzinibook.com
블로그 http://sanzinibook.tistory.com

ISBN 978-89-6545-533-2 04810
978-89-6545-532-5 (세트)

* 책값은 뒤표지에 있습니다.
* 이 도서의 국립중앙도서관 출판예정도서목록(CIP)은 서지정보유통지원시스템 홈페이지(http://seoji.nl.go.kr)와 국가자료공동목록시스템(http://www.nl.go.kr/kolisnet)에서 이용하실 수 있습니다.(CIP제어번호: CIP2018018027)

큰글씨책

삼겹살 1

정형남 장편소설

산지니

차례

꽃이 피니
봄이로구나

바다가 출렁거렸다. 꽃샘바람이 이제 갓 피어난 매화와 개나리꽃을 심술 사납게 흐트려 놓더니 그 화사한 꽃잎들이 파도 위에서 산화하였다. 출렁거리는 파도 위에 은빛 고기비늘처럼 꽃잎은 떠돌고, 선창가 한쪽 공지에서는 술 빛으로 익은 윷판이 벌어졌다. 술기운에 농익은 군상들이 무릎을 치며 함성을 지를 때마다 모가 멍석 위에 엎드렸다. 도에서 모에 이르기까지 윷들이 공중에서 멍석 위로 떨어지면 희비가 교차되는 가운데 윷가락 또한 파도 위에 떠도는 꽃잎이었다. 참 오랜만에 맛보는 혼사였다. 요즘 시골잔치가 어디 흔한가. 가뭄에 콩 나듯 하는 잔치도 도시에 나가 치렀다.

윷판이 벌어진 한쪽 선창가 잔칫상이 마련된 곳에서는 뒤늦게 찾아드는 하례객들이 걸쭉하게 술잔을 나누었다. 그랬다. 농어촌은 골망골망한 쭉정이들만 남아 흥겨운 잔치라야 모둠으로 봄나들이 아니면 도시에 사는 아들딸들이 고희랍시고 음식점 정도 빌리는 게 고작이었다. 말이 고희잔치지 즈그들 입가심으로 즐기자고 생색을 냈다. 더구나 농어촌 노총각들은 동남아로 눈길을 돌려 다문화시대를 꽃피웠다. 오늘의 결혼식은 순 토종끼리의 백년가약이라는 점에서 더욱 흥겨운 잔치마당이었다.

저 친군 어떻게 알짜배기 토종처녀를 며느리로 보았으까. 눈 씻고 봐도 구경하기 어려운디. 그러게 말이여. 까짓것, 한판 쨰지는 기분으로 소라도 한 마리 잡을 것이지, 겨우 돼지수육이여? 이 사람아, 지금 어느 때인가? 구제역으로 소들이 줄초상 나지 않았는가. 비상시국이나 진배없는 현실 아닌가 말이여. 그 바람에 돼지 값이 하늘 높은 줄 모르고 올랐고. 한마디로 금겹살 아닌가. 이곳은 하늘이 돌보아사 구제역이 빗김처럼 비껴갔지만.

허긴, 그려. 어쩌다 이 지경이 되었는지 모르것네. 나는 말이시, 삼겹살을 먹을라치면 중국 하니족들의 계단식 농경지를 떠올린다고. 자네, 모처럼 국제적으로다 얻은 며느리 덕분에 중국 한 번 다녀오더니만 기껏 비탈진 계단식 논들을 보고 왔구만. 관광지로 주가를 높이는 남해 비탈진 다랭이 밭들이 더 실감 있게 다가오던데, 귀꿈스럽게 하니족들의 계단식 농경지를 떠올릴 게 뭔가.

김선장은 곁에 앉은 고향친구의 말을 약간 비아냥치듯 받아넘겼다. 그도 그럴 것이, 코흘리개 초등학교 시절에는 맨날 쥐어터진 주제였고, 남들은 재주껏 대도시로의 진출을 꿈꿀 적에도 어리숙하게 고향에 누질러앉아 갯물 둘러쓰고 살았다. 호랑이 없는 골에 여우가 주인 노릇 한다고, 쭉정이들만 남은 마을에서 이장, 조합장, 개발위원장 따위의 감투란 감투는 다 짊어지고 몇 년을 지내는 사이 제법 유식한 체신을 지니었다. 그 위에 아들 녀석이 고집스레 미역양식장을 한답시고 결혼을 뒷전으로 미루어 오다가 나이 사십 넘어 중국 오지에서 색시감을 물색해 들여왔는데, 떠억 하니 손자를 낳자 시부모를 모시고 친정집을 방문하였다. 말하자면 사돈끼리의 상견례였다. 그게 또 무슨 큰 자랑이라고 앉은 자리마다 밑천을 까뒤집었다.

삼겹살과 계단식 농경지라? 발상치고는 희한하게 형이상학적이구랴. 홍어 한 점에 삼겹살을 곁들여 묵은 신김치로 보쌈을 싸고설랑 한입 미어터지게 우겨넣는 한사장의 엉뚱하다 싶은 그 말에 남위원은 불현듯 어린 시절을 떠올렸다. 어디 계단식 농경지가 중국 하니족들만의 전유물이었던가. 지금은 흔적없이 묵혀져 형체도 알아볼 수 없지만, 저 보릿고개 시절 우리네도 엉덩짝을 까발리고 똥오줌을 눌 만한 비탈진 산골 다랭이 더덜밭을 호미와 괭이로 땀 흘려 개간하지 않았던가.

형이상학적이라고? 자넨 저 친구의 뚱딴지 같은 비유를 상승작용으로 자리매김하는 거여? 내 말이 하나도 버긋지지 않네. 이 삼겹살을 보게. 산골 다랭이 계단식 논밭을 똑 빼닮은 무늬살을 지니고 있지 않는가. 그거야, 보는 눈에 따라 그런 신기루 현상이 들기도 하겠지. 하지만 삼겹살은 어디까지나 삼겹살이야. 김선장은 한사장의 말을 내치며 철판 위에서 지글거리는 삼겹살을 뒤집었다. 비곗살 타는 냄새가 바람에 흩날리는 꽃잎을 실어 갔다.

우리도 한때는 산골 다랭이 계단식 개간답을 손끝 짓무르게 벌어먹지 않았는가. 그 눈물겨운 시절을 떠올리면 저 친구의 비유는 참으로 낭만적이여. 풍요롭기도 하고……. 그려. 사돈집에 한 번 더 다녀오면 흐벅지게 삼겹살을 짊어지고 오겠네. 김선장은 비윗장이 뒤틀린다는 듯 한사장의 말을 되쳤다. 산골 다랭이 계단식 논밭이라면 신물이 났다. 물려받은 재산이라곤 앞산 비탈진 옹챙이만 한 산비탈이 전부였다. 아버지와 어머니는 후줄근 갯물 둘러쓴, 소금기에 절은 손끝으로 계단식 논밭을 개간하였다. 논이라고 일구어 놓으면 술렁술렁 물이 다 빠져나가 쩍쩍 금이 가기 마련이었고, 밭뙈지기는 더욱 가관이었다. 풍요로운 작물은 금방 비비틀리고 삭아 겨우 콩이나 들깨를 심었다. 그게 보기 싫어서 냅다 뒤도 돌아보지 않고 원양어선을 탔다. 그런데 그런 논밭을 기름지고 감칠맛 나는 삼겹살에 비유하다니.

어쨌거나, 그렇게 비유할 만큼 우리의 마음이 부유해졌어.

남위원은 아스라이 어머니의 웃음소리를 들었다. 그리고 그 웃음소리는 무릎을 치며 한바탕 윷판을 뒤엎는 환호성 너머 파도 위에서 꽃잎처럼 무동을 탔다. 술잔 속에 비치는 어머니의 웃음 진 얼굴에서 이제는 도리 없이 묵혀진 다랭이 자갈밭들이 눈앞에 다가왔다. 그 맨 위쪽 큰애기 엉덩짝만 한 다랭이밭에 아버지의 혼백과 함께 어머니를 모셨다. 아들아, 내가 죽거들랑 졸망졸망 묵혀진 옹챙이 밭을 묘지로 쓰거라. 장차 너도 내 묘지 밑으로 오고. 그렇게 대대로 뼈를 묻자꾸나.

우리도 윷이나 한번 놀아 보까? 윷판이 시들헌디. 하여간 일어나 보더라고. 김선장의 재촉에 술자리에서 일어나려는데 누군가 인사를 하였다. 남위원은 고향친구에게 눈으로 누구냐고 물었다.

자네가 모를 만도 하겠지. 농식이 형 맏딸 아닌가. 학교에 근무하네. 이번 새 학기에 고향으로 발령받아 왔어. 남위원은 깜짝 반겼다. 등줄기로 사뭇 감회가 타고 흘렀다. 살갑게 고향을 찾지 않은 탓도 있겠으나, 자라나는 아이들은 도무지 식별할 수 없었다.

저는 종종 소식을 들어 알고 있어요. 고맙다. 우리 집 행랑채에서 아장걸음 하던 너를 본 게 엊그제 같은데, 세월이 무상하다. 느그 아버지가 살아 계셨더라면 얼마나 좋겠냐. 아버지께서 매번 이야기를 하셨어요. 당숙처럼 고진감래 열심히 배우고 익히라고요. 자기는 못 배웠지만 자식들은 똑 부러지게 가르쳐야겠다고 허리띠를 졸라맸응께. 아무튼, 느그 아부지만큼 느그들을 가르치기 위해 뼈 빠지게 헌신한 사람도 없을 것이다. 고향친구의 말에 남위원은 머리를 끄덕였다. 그랬다. 남의 집 살면서 번 새경을 밑천 삼아 착실히 집칸이나 마련하였고, 땅마지기나 장만해 가면서 삼남매를 대학까지 보냈으니 말하여 무엇하겠는가.

결혼하고 자식들 키워 보니 부모님 살아온 내력이 그저 눈물겨워요. 저희들 가르치느라 일에 찌눌려 일찍 돌아가셨어요. 그거사, 자식 된 너희들의 마음이고, 운명 아니겄냐. 한눈팔지 않고 일에 묻혀 살면서도 아주 낭만적이었고 주름진 마음 하나 없었어야. 못 배운 설움 이겨 낸답시고 그 틈서리에서도 늦은 밤 눈꺼풀에 잠을 매달면서 마누라에게 물어가며 유창하게 글을 깨쳤다. 일자무식을 면하겠다는 학구열로 이장, 조합장까지 하였다.

남위원은 고향 친구의 말에 물큰한 감회가 차올랐다. 제대를 하고 집에서 복학을 준비하고 있는데, 농식은 한참 뜸을 들이다가 읽을 만한 책 몇 권 줄 수 없겠느냐고 하였다. 형님이 보시게요? 그렇기도 하고, 느그 형수 읽을거리가 좀 필요한 갑다. 애들 교육을 위해서도 부모가 알 만큼은 알아야 하지 않것냐. 농식은 머리를 긁적였다. 남위원은 복학과 동시에 약속대로 아이들 그림동화책에서부터 교양서적에 이르기까지 헌책 일망정 여기저기에서 구입하여 보내 주었다. 농식이 형, 그러고 보면 장가 한번 잘 들었지. 누가 아닌가. 바보온달처럼 장가든 날부터 사람의 품위가 완전히 달라졌응께. 고향친구의 말속에는 자신의 처지를 빗김으로 새기고 있었다. 그러자 농식의 모습이 술잔 너머에서 다가섰다.

*

꽃샘추위가 흰나비의 날갯짓으로 도리 없이 잦아지고, 어느 틈에 개나리, 진달래가 매화 꽃망울과 함께 봄을 장식하였다. 꽃샘추위는 그렇게 시부저기 봄기운에 밀려났다. 그 부드럽고 여린 흰나비의 날갯짓 속에 칼날을 세우던 영등할미 치맛자락이 꼬리를 감추다니. 산비둘기 한 떼가 무엇에 놀란 듯 건너 산모롱이로 날아오르고, 덩달아 장끼랄 놈이 푸드득 날개를 떨쳤다.

어따, 이 쌍통도 봄기운을 아는구랴. 여실댁은 자갈을 호미로 일구다 말고 흠칫 놀랐다. 검붉은 왕지네랄 놈이 손바닥만 한 뭉칫돌 밑에 숨죽이고 있었다. 아직은 외장치고 나설 때가 아니라는 듯 똬리를 틀고 있는 모습이 머리에 물동이를 치받든 또아리를 연상시켰다. 이놈에게는 담배가 비상이여. 여실댁은 호미를 놓고 한옆 바위 모서리에 주질러 앉으며 봉초를 꺼냈다. 작업복 안주머니 속에서 성냥갑과 아들 녀석 숙제공책을 뜯어 온 종이가 묻혀 나왔다.

부지런도 하요. 그 참에 한 뼘을 일구었구만이라우. 농식이 바지게를 삐딱하게 짊어지고 지척거리에 나타났다. 나무라도 한 바지게 할 요량으로 도끼와 곡괭이가 바지게 바닥에 눕혀져 있었다. 오냐. 니놈은 게을러터졌냐? 뭔 말씸을 그리 한다요. 신새벽부터 쫄방구 목수 녀석 톱질 켜댔기 일하는 게 머슴놈 팔자 아니요. 농식은 여실댁 곁에 바지게를 받쳐놓고 다가왔다. 눈은 어느새 여실댁이 준비해 온 오후 새참 꾸러미에 가 있었다. 머슴살이 십 년. 땀 흘려 일하자니 늘 배꾸레가 허전하였다.

니도 동무 삼아 한 대 피우거라. 옛씨오. 요걸 피우게요. 농식은 어제 저녁 곤드레만드레 술 취한 주인어른의 육신을 업어오다시피 하면서 안주머니에서 비어져 나온 걸 슬쩍 집어넣은 담배를 허리춤에서 꺼냈다. 어디서 귀한 궐련이 났디야? 여실댁의 눈빛이 깜짝 반기었다. 농식은 성냥을 그어 여실댁의 담배에 불을 붙여 주었다. 시상에, 담배 맛이 영 달라뿐다. 이런께 담배는 고급으로 피우고, 술은 낮은 걸 마시라고 했는갑다.

누가 아니요. 어따, 요녀석 시침때기 봉심이맨치러 사리고 있는 꼴 좀 보소. 상투영감이 봤으면 당장 실에 매달 것인디. 농식은 담배를 피우다 말고 똬리를 틀고 있는 지네를 발견하자 담뱃불로 지네 꼬리를 지졌다. 지네랄 놈이 기겁을 하였다. 상투영감은 독사와 지네만 보면 술독에 집어넣고 처마 밑에 매달아 말렸다. 초가삼간 처마 밑에는 목매단 지네로 장식하였고, 장독대의 크고 작은 항아리 속에는 보기에도 끔직한 독사가 웅크리고 있었다. 전생에 독사나 지네와 무슨 원한을 지녔는지 알다가도 모를 일이었다. 그 위에 머리숱이 빠져 상투꽁지도 제대로 틀 수 없는데 끈질기게 상투를 고집하였다.

자기 딴에는 젊은 시절 단발령 때도 꼬장하게 버티었다고 은근히 자랑도 하였다. 그 영감탕구에게 무슨녀러 씨나락 까묵는 단발령이 소용에 닿았겠는가. 소라 고동만 한 외딴섬에서 어느 누가 상투영감쟁이의 알량한 존재를 알아봤을까. 어쨌거나 상투머리를 틀어 올리고 다니는 고집은 알아줄 만하였다. 지네와 독사만 해도 그랬다. 지네는 일본땅을 닮았고 독사는 일본순사만큼 독하다고 하였다. 딴에는 우국일념이 도사리고 있었다. 해방되고 나서 자칭 독립투사라고 떠벌리고 다닌 시러베자식들보다는 훨씬 순수하고 지조가 있다고 봐야겠다. 여실댁은 담배가 다 타들어 갈 때까지 맛있게 피웠다.

담배 있거든 한 두어 가치 내놓거라. 헌디, 니놈이 은근히 봉심이를 좋아하지야? 좋아하면 뭣하것소, 그 시침때기를. 너처럼 착실하게 새경 불리는 총각도 흔치 않지야. 요즘 보자 하니 분수도 모르고 도시바람이 불어 너나없이 단봇짐을 싼다. 도시라고 어서옵쇼, 환영할 것 같은가? 고생문이 훤하제. 아무리 그래도 머슴 놈 신세 아니요. 농식은 자신도 모르게 한숨을 죽였다. 머슴살이하던 또래 친구들도 등골 빠지게 장만한 새경을 짊어지고 도시로 흘러 들어갔다. 니는 아무 소리 말고 미련스럽게 땅 일구고 살거라. 바다에서 나는 해산물이야, 자기만 부지런하면 흉년을 모르잖느냐. 그래서 아짐처럼 산골 다랭이 밭이나 일구고 바다에 나가 갯벌이나 뒤집으며 살란 말이요?

그게 어쨌서? 이렇게라도 부지런헌께 자식을 도시로 유학 보내지 않냐. 너도 봉심이 마음을 돌려 잡아 아들딸 꾹꾹 낳아 잘 가르쳐. 뭐니뭐니해도 자식농사가 실해야 괄세를 안 받는 법이여. 니놈이 도시에 나가면 뭘 어떻게 할 것이여? 보나 마나 밑바닥 따라지 인생이제. 모르것다. 머슴 놈 딱지는 뗄런지. 허지만 도시에 나가 공사판이나 공장에서 일하는 것도 머슴살이나 진배없을 것이여. 그 말씸이 하나도 그른 데 없구만이라우. 근디, 봉심이가 나 같은 놈을 생각이나 할께라우? 그건 걱정 말어라. 상투영감 막내딸 아니냐. 지년 자란 환경이 그러는디 시속말로 판검사를 바랄 것이냐, 대학물 묵은 부잣집 도련님을 넘겨다 볼 것이냐. 정 니놈 마음이 그렇다면 나라도 나서서 상투영감을 구워삶아 주마.

이 동네에서 가장 신실한 총각이 농식이밖에 누가 또 있는가? 농식이 아버지가 농식이 하나를 씨알로 남겨 놓고 징용으로 끌려가 생사를 몰라 어쩔 수 없이 머슴살이를 하지만, 따지고 보면 농식이 주인어른보다 훨씬 뼈대 있는 집안이었다. 심성이 고운 것도 근본이 있어서 그럴 것이다. 농식이 주인이야

말로 일제 때 일본 놈 밑의 어장막이 막일꾼이었다. 해방이 되어 일본 놈이 물러나면서 어장막이를 물려준 덕분에 떵떵거리고 살지만 근본은 영 보잘것없었다.

참말로요? 헌께, 착실히 살림 일구어 자식들 충실히 가르쳐. 아, 돈만 있으면 농토야 지천으로 널려 있지 않느냐. 그리고 잃어버린 신분도 되찾고. 여실댁은 도시로 유학을 보낸 아들을 눈앞에 떠올렸다. 남들은 그 살림살이에 무슨녀러 유학이냐고 고개를 외로 꼴 때 용단을 내렸다. 없는 살림에 꼬박꼬박 학비를 보내는 것이 벅찼으나, 아들은 그보다 더한 마음고생을 감내하였다. 아들아, 너나 나나 다 함께 이 고생 꼭꼭 씹어 삼키며 몇 년만 더 버티자이?

헌디, 아짐은 언제까지 자갈밭을 개간할 참이요? 농식은 눈 아래 가파른 구릉지를 조각조각 헌옷가지 기우듯 계단식으로 일구는 여실댁의 끈기에 매번 놀랐다. 농식이뿐만 아니라 마을사람 누구나 혀를 내둘렀다. 어따, 여편네, 하는 짓거리 하고는. 아낙네들은 시샘 비슷하게 눈을 흘겼다.

조상이 물려준 재산 아니냐. 인자 이것만 다듬고 그만할까 부다. 오늘은 왠지 콩첨지 이야기 생각이 나서 말이다. 옛날에 산골 다랭이 콩밭 망치는 토끼랄 놈들을 혼내 주려고 거짓 죽은 체하는 콩첨지를 장사 지낸 이야기 말인가요? 산토끼들이 장사를 지낸 곳이 부엉이 굴이었다. 간신히 살아난 콩첨지는 부엉이가 물어다 날린 금은보화를 안고 돌아와 부자가 되지.

문득 호미 끝에 그 이야기가 묻어 나오는디, 지네랄 놈이 똬리를 틀고 자빠져 있지 않냐. 그럼, 다시 자리보존을 해 줘야 쓰것소. 요놈이 보은을 할지 누가 아요.

농식은 지네를 본래의 떡두꺼비만 한 바윗돌로 덮어 주었다. 니놈 심성 하나는 곱다. 담배 한 대를 피웠응께 또 호미를 잡아야 쓰것다. 여실댁은 머리에 수건을 둘러썼다. 농식은 바지게에서 곡괭이를 찾아 들고 일을 거들어 주었다. 아무래도 봉심이에게 다리를 놔줘야 쓸랑가 부다. 여실댁은 고마웠다. 호미 끝에 묻어나는 여실댁의 하루 일이 농식에게는 한나절 해장감도 못 될 터였다. 농식은 곡괭이로 사정없이 자갈을 파뒤집어 나갔다. 여실댁은 그 뒤를 따라 부지런히 자갈을 골라냈다. 설핏 오후 새참 때가 되었다.

아야, 출출하것다. 새참이나 들거라. 그만 하믄 나무 한 바지게는 나왔다. 그럴께라우. 한참 지축을 울렸더니만 뱃속이 광활하요. 농식은 코를 핑 풀어 던지고 새참을 들었다. 니가 일을 거들어 줄 줄 알았더라면 술 됫박이나 걸러 올 것인디 그랬다. 그나저나 장골 힘을 빌린께 내 호미 끝으로 사나흘 할 일을 시원스럽게 마무리 지었다. 여실댁은 엉덩짝만 한 자갈밭을 돌아보며 흐뭇해하였다. 농식은 게 눈 감추듯 새참을 들었다. 저 나이 적에는 돌멩이도 씹어 삼킬 것이다.

암만해도 술이 없어 입가심이 허전한 성싶다. 저녁참에 또 박걸음으로 우리 집에 오너라. 그보다 동생이 읽고 버린 책이나 두어 권 주시오. 니도 뭔 글을 깨우쳤냐? 어깨너머로 눈을 좀 떴는디, 이 시절에 머슴은 살망정 눈앞은 가려야 쓰지 않겄소, 언제까지 남의 집 살 것도 아니고. 어따, 참말로 속이 실허다. 그래야지야. 그렇게 마음 다져 묵고 앞날을 휘어잡으면 너도 쩌렁 울리고 살 것이다. 여실댁은 더욱 봉심이와 짝을 맞춰주어야겠다고 생각하였다. 농식이 자갈밭에서 일구어 낸 나무등걸을 바지게에 짊어지는 동안, 여실댁은 삼태미로 자잘한 자갈돌을 거두어 정리하였다.

콩콩 허리를 두드려 펴며 일을 마무리하고 보니, 비록 엉덩짝만 한 자갈밭일망정 마음을 흐벅지게 하였다. 내 손으로 손수 개간하였다는 자부심. 눈 아래로 그동안 일군 계단식 옹챙이 밭을 헤아려 보니 일곱 계단이었다. 농식은 끙 소리를 내며 바지게를 짊어졌다. 여실댁은 머릿수건으로 흙먼지를 털고 나서 농식의 뒤를 따랐다. 맨 아래 밭둑에 매 놓은 염소가 알은체를 하였다. 말 못하는 짐승도 주인을 알아보았다. 여실댁은 염소 고삐를 움켜쥐었다.

새끼를 뱄는갑소. 한 달 있으면 낳을 것이다. 좋은 때 낳으요. 사람이나 짐승이나 태어난 시절이 좋아야지라우. 농식은 자신을 빗대었다. 가난한 시절이라지만 지금 태어났더라면 마음이 훨씬 풍요로웠을 것이다. 여실댁은 자꾸만 뻗대며 주전부리하려는 염소를 잡아끌었다. 벌써 새끼를 세 번째 밴 터여서 식탐이 왕성하였다. 잠시도 주둥이를 가만두지 않았다. 먹는 모습은 지지리도 복 없이 쪼잔하고 방정맞은데도 먹을거리는 가리지 않았다.

집으로 돌아온 여실댁은 저녁을 지었다. 겨울방학 때는 아들이 잠깐이나마 내려와 찬거리 장만하는 데도 손길이 부드러웠는데, 혼자 밥상을 대할 때마다 외로움이 소리 없이 밥상머리에 내려앉았다. 무슨 억하심정으로 청상과부로 남겨 놓고 갔을꼬. 빛바랜 남편의 사진을 올려다보며 눈을 흘겼다. 그놈의 진저리나는 시상. 남편은 딸 하나와 아들 하나를 씨알로 점지해 주고 전쟁의 희생양이 되었다. 그녀러 사상이 무엇인지 그 중간에 끼어 자신을 추스르지 못하였다. 맏딸을 서럽게 키워 시집을 보내고, 아들은 어떤 일이 있더라도 가르치고 보자고 이를 앙다물었다. 남들 말이 아니더라도 무리였다. 산골 다랭이 개간밭을 일군다고 해결될 문제가 아니었다. 고맙게도 지놈이 장학금이야, 과외부업을 하여 학비를 조달하기에 가능한 일이었다.

여실댁은 저녁을 들고 담배 한 대를 피운 다음, 지침지침 집을 나섰다. 쇠뿔은 단김에 빼랬다고, 마을 초입 상투영감 집을 들어섰다. 누렁이가 우멍하게 짖으려다 말고 꼬리를 흔들었다. 상투영감은 뜨악한 표정을 지었다. 오다가다 길거리에서 만나면 모를까, 귀꿈스럽게 내왕이 잦은 편은 아니었다. 더구나 할멈을 앞세우고 나서 마을 아낙네들과는 무릎 맞대고 앉아본 지가 오래였다.

지나치다가 사립문이 열려 있기에 불현듯 먼저 간 성님 생각이 나서 들여다보았소. 따님은 어디 가고 혼자 계시오? 여실댁은 마루에 걸터앉았다. 안방마님이 살아 계실 때는 마음 푸근한 손위 언니처럼 생각하며 지냈는데 사람 하나 가고 나니 먼 이웃이었다. 봉심이 어미는 상투영감과는 달리 마음씨 넉넉하고 우스갯소리도 슬멍슬멍 곧잘 하여 집안이 따뜻하였다. 담배 심부름 보냈소. 나이가 들수록 주책머리 없이 한기 든 사람맨치러 담배만 더 찾게 되오. 과년한 딸을 밤 심부름 보내라우. 어쩌겠소, 내 눈이 침침하여 밤나들이는 불편한디. 봉심이 시집가면 어쩔께라우? 우선 이 궐련이나 한 대 피우시오. 여실댁은 슬몃 상투영감의 속내를 떠보며 낮에 농식에게서 얻은 담배를 내놓았다. 어짜기는요. 심봉사처럼 뺑덕이네라도 만날까 겁이 나요. 담배는 어디서 난 거요?

상투영감은 퍽 반기었다. 어디서 나긴요. 장차 사위 될 총각에게서 얻은 것이지요. 여실댁은 상투영감의 그 모습을 무연한 눈길로 바라보았다. 그나마 뒤늦게 얻은 딸 덕분에 추레한 몰골은 면하지 싶었다. 강남 제비가 봄소식을 물어 오면서 담배 한 가치를 물어다 줍디다. 허어, 참말로 운치 있는 말이요. 뺑덕어미 만날까 미리 겁내지 말고, 봉심이를 인당수보다 더 먼 곳으로 시집보내느니 데릴사위 보는 셈 치고 가까운 곳으로 보내시오. 아들 며느리는 도시물 묵은 지 꽤나 되어 비좁은 공간에서 홀아비 시아부지를 따뜻이 모실 턱이 없을 것이고…….

측간과 처갓집은 멀어야 된다고 하지 않던가요. 그리고 심봉사는 심청이를 인당수에 제물로 바쳤기에 왕비가 된 심청이와 상봉도 하였고 눈도 뜨지 않았소. 허면, 봉심이를 각박한 도시로 시집보낼 작정이요? 즈그 오래비도 언질을 보내고 인연 따라 가는 것 아니겠소. 어디 중매라도 설 참이오? 가까운 자리에는 눈 씻고 봐도 사윗감이 없던디. 상투영감은 시덥잖다는 표정을 지으며 담배꽁초를 누질러 껐다.

눈을 멀리 바라본께 그렇지라우. 자고로 등잔 밑이 어둡다고 안 합디요. 허튼소리가 아니고 진중히 중매를 설 모양인디, 누구 집 자제요? 딱 알맞은 배필이 있기는 있는디, 지가 말하면 까무라치지나 않을런지 모르것소. 뭔 도수가 그리 높다고 혼절을 허요. 말 나온 김에 귀띔이나 해 보시오. 멀쩡한 정신으로 들어넘길 테니께. 상투영감은 은근히 재촉하였다. 그렇잖아도 딸년은 가까운 곳에 시집보내 울타리 삼아 외로움을 덜고 싶었다. 아들딸들을 시집장가 보냈지만 다들 멀리 떨어져 명절 때나 얼굴 구경을 하였다.

봉심이 신랑감이 하나 있기는 한디, 어떻게 받아들일까 모르것소. 여실댁은 잔뜩 뜸을 들였다. 카랑한 상투영감의 성질에 울컥 치받고 나서면 감당하기가 어려울 것이었다. 뜸들일 일이 따로 있제, 소똥 밟듯 뒷걸음질은요. 가부는 내가 알아서 할 것이고, 선택은 딸년이 할 것 아니요. 평소 여실댁답지 않게 시리. 그럼, 큰 맘 묵고 말하것소. 농식이를 중매 서고 싶으요. 방금 뭐라고 했소? 상투영감은 아니나 다를까, 솟구치듯 반문하였다. 전혀 예상하지 못한 터여서 자기 귀를 의심하였다. 왜, 그리 놀라시오? 놀라지 않게 생겼소? 까무라치지 않은 것만도 다행이요만, 놀랄 일이 아니요. 아무리 남의 일이라고 그렇게 함부로 말하다니요. 격에 맞는 말을 해야 본심이 우러나는 법이오.

상투영감은 떫은 감을 씹은 얼굴로 다리를 꼬았다. 아무려면 남의 집 머슴살이하는 녀석에게 딸을 시집보낼 수는 없었다. 지 말을 듣고 나서 가만히 생각해 보시믄 수긍이 갈 것이오. 농식이가 비록 머슴은 살망정 뼈대 있는 집안 아니요? 여실댁은 상투영감이 끙 소리를 내는데도 아랑곳하지 않고 말을 이었다. 그 위에 심성은 또 얼마나 성실하고 고운가 말이요. 그동안 새경을 차곡차곡 장리로 쌓아 놓아 당장이라도 남부럽지 않게 살 것인께. 그만큼 속 깊은 총각은 인근에 두 눈 씻고 봐도 없을 것이요.

하긴, 농식의 근본이나 심성을 모르는 바는 아니지만 너무 지나친 감이 없지 않소. 현재 위치가 그렇지 않은가 말이오. 사람은 미래를 내다봐야지요. 근본 없는 희멀끔한 논다니패들과는 다를 것이요. 암튼, 못 들은 걸로 하겠소. 상투영감은 아궁이 곁에서 매운 연기를 쐰 듯한 얼굴로 돌아앉았다. 맘대로 하시요만, 지가 허튼소리는 안 했을 것이오. 여실댁은 무추룸

한 얼굴로 자리에서 일어났다. 괜스레 매운 연기를 들이마신 기분이었다.

사립문을 나서는데 봉심이 이마를 짓찧듯 다가왔다. 아짐이 어짠 일로 다녀가시오? 니 일 땜새 잠시 다녀간다. 여실댁은 다정스레 등을 두드리듯 은근하게 말하였다. 치맛말기에서 훈훈한 봄바람이 일었다. 그녀러 영감탕구 기겁초절풍하는 꼴이라니. 여실댁은 치맛말기를 여미며 웃음을 사려 물었다.

*

남위원은 한사장과 김선장, 그리고 고향친구가 새로 윷판을 짜는 동안 살짜기 윷판에서 벗어났다. 더 노닥거리다 보면 두루 인사를 해야 할 사람들에게 결례를 범하지 싶었다. 모처럼 고향에 내려오지 않았는가. 선창가를 벗어나 옛날 오일 장터목을 지나쳤다. 쓸쓸하고 황량하게 버려진 장터목은 개나리꽃으로 만발하였다. 첫 개장 날, 댕기머리 누님을 따라나섰다. 생전 처음 갖가지 난전들이 풍물소리와 어울려 펼쳐진 시장바닥을 발이 부르트도록 싸돌아다녔다. 그야말로 만물전이어서 눈앞이 온통 신기하고 풍요로웠다. 누님 손에 이끌려 다니며 꿀꽈배기도 사 먹고, 신발도 신어 보고, 옷가지도 눈 흘겨보고, 엿치기도 하였다. 그때도 개나리꽃이 흐드러졌었다.

남위원은 고개를 넘었다. 물감을 펴놓은 듯한 들판이 나타나고, 그 들판을 적시는 저수지가 지난 가뭄으로 바싹 말라 있었다. 지구의 이상기온 탓인지, 해가 거듭할수록 목이 타는 가뭄으로 농토를 목마르게 하였다. 그 목마름은 농민의 찌든 가슴을 대변하였다. 그러나 겨울을 이겨 나온 청보리의 파릇한 생명력은 어린 시절의 향수를 불러일으켰다. 춘삼월 보릿고개를 넘길 수 있었던 보리. 이제는 저 보리가 헐벗고 굶주렸던 보릿고개와는 무관한 양식으로 다가옴에랴. 갑자기 등 뒤에서 클랙슨소리가 울리며 타이탄트럭이 멈추었다. 반사적으로 길옆으로 비켜났다.

형님 아니시오? 난, 누구라고. 방금 자네 형과 잔치집에서 술잔을 나누다 말고 살짝 빠져나왔네. 김선장의 동생이었다. 녀석은 부산에서 가내공업을 하다가 아이엠에프 직격탄을 맞아 몇 년 방황한 끝에 고향으로 내려와 가두리 양식장을 하는 한편, 겨울에는 매생이 발을 막아 짭짤하게 부수입을 올리고, 그 수입원으로 한우도 몇 마리 키운다는 것이었다. 지는 목포에 모임이 있어 아침 일찍 축의금을 건네주고 인자 오는 길이오. 타시오. 남위원은 농승하였다. 녀석에게서 비릿한 갯내음이 묻어났다.

고향에 내려오니까 어떤가? 뒤늦게 결혼도 하였다고 들었네만. 고생이야 되요만, 그런대로 어머님 모시고 살 만하요. 나잇살이나 먹은 결혼이어서 소문 없이 식을 올렸지라우. 한결 넉넉한 마음자리 위에 안정감이 들구만요. 하늘빛 바다는 삶의 진솔한 터전 아니오. 그렇지. 자네 형이 고맙게 생각하더군. 누구 한 사람이라도 고향을 지키며 어머님을 모셔야지요. 요즘 세상에 꼭 장남만 부모를 모시란 법은 없지 않습니까. 그게 어려운 법 아닌가. 벌써 다 왔네. 난 여기서 내려야겠네.

남위원은 차에서 내려 고향마을에 들어섰다. 마을 입구 도로변에 있었던 봉심의 집터에는 주유소가 들어서 있었다. 마을회관이 반듯하게 새로 지어졌고, 마을 고샅길이 경운기가 마음대로 드나들 만큼 폭넓게 포장되어 있었다. 어린 시절 살았던 생가는 그대로였는데, 농식이 살았던 행랑채는 소 마구간으로 뜯어 고쳐 한우 두 마리가 콧김을 내뿜고 있었고, 구석진 곳에 돼지랄 놈이 인기척을 알아보았다. 옛날 측간 자리였다.

남위원은 태어난 집을 뒤로하였다. 어머니의 한숨과 애환이 깃든 집은 칠십 넘은 내외가 산다고 하였는데 바다에라도 나갔는지 집을 비우고 없었다. 콧김을 내뿜는 소의 콧잔등만 쓸어 주었다. 어머니는 돌아가시기 전, 애물단지에 불과한 빈집을 놔두어 무엇 하겠느냐고 짐스럽게 생각하였다. 아파트 사는 데 한 푼이라도 보태어 쓰라고 하였다. 어머니의 뜻을 좇아 비지떡보다 못한 값으로 팔아넘겼는데 이제 와서는 후회스러웠다. 노후를 여미지 못한 경솔한 짓이었다.

남위원은 몇 집을 찾아보았다. 바다와 들에 나갔는지 다들 집을 비우고 없었다. 어린 시절에는 골목골목이 가파르고 힘

들었는데 평탄하게 보이는 것은 어째서일까? 그뿐만 아니었다. 태어나고 자란 집도 뒤돌아보니 볼품이 없어 보였고, 마을 전체가 쇠락한 기운을 안고 있었다. 봄기운과는 달리 스산한 바람으로 들어찬 집들이었다. 앞산도 마찬가지였다. 어릴 때는 하늘을 이고 선 산 정상이 높게만 보여 그 너머의 광활한 세상이 동경의 대상이었다. 그곳에 가고 싶다는 충동과 상상력은 산 높이만큼 부풀었다. 그런데 이제는 눈높이로 다가와 그 옛날의 실루엣은 난쟁이 키로 자리하고 있었다.

한사장이 가까운 면소재지에서 손전화를 하였다. 면소재지 고향후배가 경영하는 술집에는 벌써 판이 무르익어 있었다. 안락한 동네의 지기들과 마주 앉으면 향수가 그리움으로 가슴에 차올랐는데, 참깨를 털듯 비로소 고향의 진한 흙냄새가 가슴을 부풀렸다.

안락한 동네

성큼 여름이 다가오기도 전에 번개와 천둥이 천지를 진동하면서 양동이물로 내리퍼붓는 게릴라성 폭우가 휩쓸고 갔다. 한 차례 폭우가 할퀴고 간 자리는 어느 곳 하나 성한 곳이 없었다. 여기저기 산사태가 났는가 하면, 도로가 유실되었고, 비닐하우스야, 양계장이야, 폭격을 맞은 듯하였다. 흙더미에 깔리고 계곡물에 휩쓸려 사라진 집들과 인명피해는 더욱 안쓰럽고 처참하였다. 남위원은 뉴스를 보다 말고 전화를 받았다. 김선장이었다. 목소리가 착 가라앉아 있었다. 한사장 장인이 양돈장 막사에 깔려 제대로 응급치료도 못 받고 숨을 거두었다는 것이다.

양돈장이라니? 의외였다. 대체로 도시의 군상들이 시골에서 올라왔듯이, 한사장 처갓집도 예외는 아니어서 시골살림을 접고 도시로 나와 산다고 들었다. 모르고 있었나? 한사장 장인이 한사코 도시라면 손사래를 치며 고집스레 고향 지킴이로 돼지를 길렀어. 그 뒷배로 한사장이 한때 삼겹살을 구워 팔았잖았어. 으응, 그랬었나? 남위원은 한사장이 몇 년간 삼겹살 간판을 내걸고 장사를 하다 그만둔 것을 기억해 냈다. 노인은 구제역이라는 비상사태를 당하여 양돈장이 폐사되는 바람에 폭삭 주저앉고, 그 후유증으로 땅까지 경매로 넘어가게 되어 약간의 실성기를 보이다가 이번 장마에 치매현상을 일으켰다는 거였다.

듣고 보니 비극이 따로 없었다. 그쪽 지방은 구제역이 문지방을 비껴갔다고 하지 않았던가? 남위원은 가슴이 숙지근하였다. 노인이 얼마나 충격이 컸으면 그랬을까. 재수 없게 한두 마리 양성반응을 보였던가 본데, 지레 겁을 먹고 성한 놈까지 모둠으로 살처분하였다는 것이다. 기가 막히고 억울할 만도 하였다. 장대비가 내리 퍼붓자 뼈대만 남은 막사에 들어가 웅크리고 있다가 그 변을 당하였다고 하였다. 남위원은 옷을 갈아입었다. 먼 거리도 아니고 가까운 병원장례식장이었다. 장례식장에 이르자 김선장이 먼저 와 기다리고 있었다. 그럴 때 김선장은 발이 빨랐다. 어쩌면 김선장이 원양어선을 탈 때, 한사장 장인이 기른 돼지머리로 고사를 지냈는지도 몰랐다.

두 사람은 문상을 하였다. 딸부잣집답게 끝물로 상주 한 사람이었고 위로 딸 다섯이었다. 사위들이 우람하게 늘어서서 문상객들을 맞으니 그것도 좋은 광경이었다. 아들딸들이 모두 이곳에 삶의 둥지를 틀고 있는 까닭에 아버지 시신을 지척에 모신 것이리라. 한사장은 엉거주춤 반겼다. 피곤한 기색이 눈가에 번졌다.

대강 이야기는 들었다만 마음이 찡하다. 노인이 아무리 치매가 들었기로서니 천둥번개가 내리치는 폭우 속에서 뭐 할라고 다 쓰러진 돼지막사에 가냐, 그래. 애지중지 기르던 돼지들이 한꺼번에 죽어나고, 양돈장마저 경매로 넘어갔으니 얼마나 마음 아팠을까. 그 심정 알 만하였다. 더구나 경매로 넘어간 그 땅은 조상이 물려준 것이었다. 아무도 농사지을 사람이 없자 고심 끝에 융자를 내어 양돈장을 지었는데 그 지경이 되어 버린 것이다.

너희들이 힘을 합쳐 경매로 넘어간 땅이라도 되돌릴 것이지. 김선장은 나무라는 투로 말하였다. 사실 동서들끼리 모여 의논을 했지. 그런데 결론은 처남까지도 그 땅에 대해 크게 애착이 없었어. 어차피 묵혀질 땅이라는 거지. 일 년에 한 번 선영에 성묘하는 것도 귀찮스럽다는 거야. 한사장은 변명 비슷하게 말하였다. 사위들이야 백년손님들이어서 그렇다 치더라도 늦깎이 처남마저도 버려진 땅을 되찾느니 주식에 투자하겠다는 계산속을 내비쳤다. 한사장은 요즘 젊은 세대의 의식구조를 어느 정도 알면서도 처남에 대해 마뜩찮게 여겼다.

장지는 어디로 할 거야? 선산에 모셔야지. 그래야 처남도

선산에 관심을 가질 것이고. 자네들도 장지까지 가 줄 텐가? 자네는 풍수지리도 익혔겠다, 아예 묏자리까지 잡아 주어. 허허, 엉겁결에 혹 하나 붙였네. 한사장이 꺾쇠를 지르듯 하자 김선장은 사양지심을 내보이면서도 짐짓 싫지만은 않은 표정이었다. 한 무리 조문객들이 들어서자 남위원과 김선장은 자리를 비켜 주기 위해 일어났다.

두 분께서 먼저 오셨군요. 조문객들 속에서 강시인이 반가운 얼굴을 하였다. 강시인이야말로 여기는 무슨 연고요? 맏사위 보고 온 게 아니고, 상주하고 같은 밥을 먹고 있어서요. 우리 학교 행정실에 근무하고 있어요. 나는 또 몇 번 술자리를 한 맏사위를 보고 왔는가 했소. 쪼매만 앉아 기다리세요. 조금 있으면 안교장, 이선생도 조문을 올 것입니다. 그 사람들은 또 무슨 연결고리요? 안교장은 학부형 관계지 싶고, 이선생은 둘째 사위와 학교 선후배 사이인가 봅디다. 허허, 세상 참 좁구려. 안락한 동네 풍류객들이 다 모이게 되었으니.

강시인은 김선장의 말을 뒤로 하고 분향을 하였다. 같이 온 문상객들과 술 한 순배를 들고 나서 남위원과 김선장의 자리에 합석하였다. 한사장도 마주하였다. 돼지수육을 보니 자네 장인 생각이 더 나네. 삼겹살이 금겹살로 격상되지 않았는가. 모르는 소리 마시오. 돼지를 매개체로 한 인플루엔자가 변종 바이러스로 둔갑하여 세상을 떠들썩하게 하더니, 이제는 구제역으로 씨를 말릴 지경이니 이거, 세상 살맛이 납니까. 그 피해

당사자가 저기에 누워 있지 않은가요? 재난이에요, 재난. 강시인은 잠시 무추룸하게 분위기를 가라앉혔다.

아무리 과학이 발달해도 그에 반한 전염병은 어쩔 수 없는가. 어쩌면 그게 자연의 매서운 질타인지도 모른다. 시대마다 페스트로, 콜레라로, 에이즈로, 지금에 와서는 구제역으로 경종을 울리는 것은 그 무언가 자연을 배반하였거나 일탈한 인간에게 안겨 주는 형벌의 일종인지도. 시절 따라 병균이 창궐할 때마다 세계적으로 변란이 일어나거나, 기아와 전쟁의 잿더미 위에서 신음하였다. 더욱 염려스러운 것은 마구잡이로 살처분한 소, 돼지들의 매장지에서 흘러나오는 오염물질이 생태계에 어떤 영향을 주느냐. 여러모로 심각할 수밖에 없다.

이선생, 안교장이 오는군. 한사장은 엉거주춤 일어나 두 사람을 맞았다. 두 사람은 분향을 하고 합석하였다. 퇴근시간이 되어 조문객들이 밀어닥쳤다. 상주가 이곳 병원장례식장을 고집한 이유를 알 것 같았다.

한사장과는 출상하는 날 장지까지 동행하기로 하고 자리에서 일어났다. 가까운 동래시장으로 향하였다. 시장을 보러 나온 장바구니들로 복작거렸다. 재래시장의 경기가 위축되었다지만 시장다운 기분이 들었다. 한낮이면 사는 사람보다 파는 사람들이 더 많기 마련이지만 이 시간이면 후텁지근한 날씨인데도 생기가 돌았다. 사람들을 헤치고 시장골목 푸짐한 집을 들어섰다. 주인은 기다리고 있었다는 듯 반겼다. 한결같은 마음으로 손님을 대하는 데서 바다빛 향수를 머금었다. 모두가 향수를 잊고 살기 때문일 것이다.

어쨌거나, 이 집에 오면 푸근하였다. 두루 살펴보아야 기름기 배인 탁자 서너 개와 비좁은 방 한 칸을 커튼으로 가로막아 손님을 맞이하는데도 편안하였다. 그래서일까, 이곳에 오면 술잔 속에 하루의 피로와 쌓인 스트레스를 산화시키고 지난 이야기들이 찰랑 넘쳐났다. 우리가 말이오. 누군가 그렇게 말머리를 꺼낼라치면 백 갈래 이야기들이 하나로 어우러져 바다를 이루었다. 솜씨 좋은 주인은 말하지 않아도 우리들이 좋아하는 안주와 술을 내놓았다. 오늘은 안주에 바다향기가 묻어나는구랴.

*

장의차는 남해고속도로를 달렸다. 주말이어서 가는 길이 더디기만 하였다. 한사장의 장인이 묻힐 선산은 순천을 지나 아슴하게 바다가 내려다보이는 곳이었다. 본래의 처갓집은 저수지가 형성되면서 수몰되었다고 하였다. 한사장의 장인은 자식들을 객지로 내보내고 선산발치 아래에 양돈장을 짓고 고집스레 돼지를 사육하였다. 마을과도 가깝고 수자원보호 구역이라는 점에서 여러 차례 민원이 들어가 이래저래 마음고생을 하였고, 설상가상으로 구제역이라는 미친 광풍이 문 앞을 비질하여 감당하기가 어려웠다. 나이가 들어 기력이 쇠잔하여 더 이상 버틸 힘도 없어지고 그런저런 충격으로 치매현상을 일으켰다. 폭우가 쏟아지는 날 멀쩡한 정신을 지녔으면 뼈대만 앙상하게 남은 양돈장에 무엇 하러 갔겠는가. 불행한 죽음이었다. 새삼 마음이 아릿하였다.

장의차는 마을 정자 앞에 이르렀다. 웅숭깊은 샘물이 생명수처럼 넘쳐흘렀다. 남위원은 차에서 내리자마자 샘물로 목부터 축였다. 오랜만에 맛보는 정겨운 샘물이었다. 마을의 오랜 역사와 정취가 서리어 있었다. 미리 기다리고 있던 상여꾼들은 꽃상여 주위에서 술잔을 들고 있다가 장의차로 다가왔다. 한옆에는 반으로 절개한 드럼통에 모닥불을 피우고, 그 위에 철판을 올려놓고서 지글지글 삼겹살을 굽고 있었다. 노인들 몇이 삼겹살을 안주 삼아 술잔을 나누고 있었다. 폐허로 버려진 양돈장에서 비명횡사는 했어도 자식들 덕택으로 꽃상여를 타는 갑네. 다른 사람들은 쓰레기 버리듯 장의차에 싣고 와 포클레인으로 매장해 버리는디, 북망산 가는 길이 환하네. 마을 노인네들은 삼겹살을 우물거리며 한마디씩 하였다. 상여꾼들은 그 사이 한 차례 예행연습을 하고 나서 노제를 지낸 다음 상여를 맸다. 상여꾼들을 인도하는 상두꾼은 구성진 소리를 하였다.

마을 노인네들은 구부정한 걸음으로 상여 뒤를 따랐다. 고인이 살아생전에는 양돈장을 지나칠 때마다 돼지똥 냄새로 코를 싸쥐며 한마디씩 하였을지라도 죽음에 이르러 살아온 여정과 정리가 가슴을 치는가 보았다. 꽃상여는 마을 저수지를 한 바퀴 돌고 고인이 숨을 거둔 양돈장을 일별한 다음 장지로 향하였다. 마을 노인네들이 눈시울을 붉히며 고인이 가는 길에 노잣돈이나 하라고 꼬깃한 지전을 꽃상여에 매달아 주었다. 남위원도 일행을 대표하여 봉투를 꽂아 주었다. 듣던 대로 양돈장은 폐허였다.

저것도 경매로 넘어갔는디, 두어 번 유찰됐다며? 누군가 값싸게 낙찰을 받을라고 일부러 농간을 부리는지도 모르제. 그럴 가능성도 농후하이. 저 땅에다 저, 뭐시냐. 펜션이라고 하든가? 그런 집을 지으면 괜찮을랑가. 돼지똥 냄새가 가실려면 몇 년은 걸릴 것인디. 그보다는 고인을 생각해서라도 자식들이 알뜰히 챙기면 좋잖은가. 조상이 물려준 땅 아닌가. 옛날에는 알짜배기 아니었는감. 그나저나 저 인사, 억울함을 무덤 속까지 지니고 가네. 생때 같은 돼지들을 생죽음으로 몰아넣었으니 분통이 안 터졌겠는가. 옛날에도 유행성 돼지독감이야, 돼지콜레라가 발생하였는디도 멀쩡한 돼지를 한 구덩이에 처넣지는 않았지. 너무들 성급한 행동이 아니었는가 몰라. 더구나 여기는 구제역이 문 앞을 울리다 쏙쏘리바람에 건듯 뛰어넘지 않았는가 말이여.

마을 노인네들은 양돈장에 대해 의견이 분분하였다. 마을 노인네들로서는 땅 한 평이 금싸라기로 보일 것이다. 우리가 경매를 받읍시다. 안교장은 바싹 흥미를 나타냈다. 화가의 눈으로 감식하였지 싶었다. 그것도 좋은 생각이오. 한사장 저 친구도 우리가 낙찰받으면 마음 든든할 것이고. 남위원은 안교장의 제안에 귀가 솔깃하였다. 서너 사람 공동으로 사들여 노후를 위해 황토방이라도 지으면 물 좋고 산수 좋아 건강에 좋을 듯싶었다. 남위원은 벌써부터 그런 생각을 가슴에 여미고 있었다.

꽃상여는 마을 뒤편 가파른 산길을 돌아 선산 발치에 이르렀다. 청정한 나무들로 둘러싸여 있는 선산은 아늑한 기운을 안고 있었다. 남위원은 주위의 전경을 가슴으로 아우르며, 지난번 결혼식 참석차 고향에 내려갔을 때 선배가 한 말을 떠올렸다. 고향은 뿌리여. 뭔 소린 줄 아는가? 내 자신이 고향에 뿌리내린 한 그루 나무란 말시. 고향을 지키는 고사 직전의 당산나무고, 선산을 지키는 허리 굽은 소나무며, 밭둑가에 버티고 선 밤나무도 된단 말이여. 자네는 잘 모르겠지만 나는 나무들의 숨결소리를 듣네. 바로 나의 숨결소리여. 선배의 그 말은 거부할 수 없는 진리처럼 다가왔다. 그렇다. 우리는 도시라는 울타리 안에서 분재처럼 비비 틀린 나머지 무언가를 잃었거나, 망각의 두께 속에서 숨 쉬고 있음에랴.

고인의 누울 자리가 그런대로 괜찮군. 김선장은 주위의 산세를 매슬러보며 제법 풍수지리학적 가늠자로 매김하였다. 우리나라 산세는 양택과 음택으로 가득하잖소. 어디를 둘러봐도 명당 아닌 곳이 없어요. 이선생은 저 멀리 바라보이는 바다에 시선을 놓은 채 반문하였다. 그래도 명당을 찾기 위해 세세년년 노심초사하지 않았어요. 멀리로는 도선국사로부터 오늘의 돌팔이 풍수쟁이에 이르기까지. 허나 그건 욕심이 지나친 때문이었다. 남보다 더 좋은 자리를 탐하다 보니 때로는 불상사가 일어났고, 본의 아니게 극단적인 폐단을 불러일으켰다. 조상의 음덕으로 부귀영화를 누리려는 사행심. 한낱 허욕이 아니고 무언가. 공동묘지가 명당이란 말을 교훈으로 삼아야 하는데, 조상의 음덕으로 집안의 명예와 부를 누리려는 병폐는 오늘에 이르기까지 심각하지 않는가. 저 위쪽 새로 이장한 봉분 앞 석물들을 보라. 너무 과한 겉치레적 과시요, 치장 아닌가. 소담하고 조촐한 묘지. 주위의 산세와 딱 어울리는 조경. 그 점을 망각한 졸부의 심상이었다.

네 사람은 가까운 잔디밭에 앉아 산역꾼들이 묘지를 단장하는 모습을 지켜보았다. 김선장은 지관 노릇을 한답시고 산역꾼들 속에 섞여 들었다. 옛날 같지 않아 포클레인으로 땅을 파고 관을 묻고 뗏장을 옮겼다. 산역꾼들이 하는 일은 뗏장을 옮겨 심는 일이 고작이었다.

여기까지 와 주셔서 고맙기만 합니다. 한사장은 어느 정도 홀가분하게 짐을 벗었다는 듯 네 사람과 합석을 하였다. 자네가 만사위 노릇을 단단히 하였네. 남위원은 한사장의 마음을 위로하였다. 장인에 대한 각별한 정성은 새삼스러웠다.

누가 있어야 말이지. 시골이 점점 노령화로 동공현상을 빚고, 그만큼 인심도 옛날 같지 않고 말이여. 장인은 오랜 가풍이나 습속마저 소멸되어 간다고 하였다. 명절 때 처갓집을 찾으면 장인은 그 점을 불만스러워하였다. 그 외로움을 감당하기 어려워 추위를 탔다. 윗대로 누워 있는 산소를 보더라도 뿌리 깊은 자손임을 내세우며 마을사람들과 타협을 불허하였다. 그러다 보니 무리에서 이탈한 고독한 노인일 수밖에 없었고 충돌을 일으켰다. 양돈장만 하더라도 그랬다. 마을사람들의 여론을 무시하고 양돈장을 짓게 된 것도 거기에 원인이 있었다. 마을사람들도 보고만 있지 않았다. 환경오염이다, 비위생적이다, 투서가 들어가고 설상가상으로 구제역이 회생불가능으로 내몰았다. 이래저래 심화가 이마를 쳤다.

양돈장은 마을과 너무 가깝더군. 아직도 돼지똥 냄새가 역겹던걸. 그건 사실이야. 나도 처음에는 극구 말렸지. 그런데 이상하게 고집을 꺾지 않더군. 왜, 양계장이나 개 사육은 묵인하면서 유난스레 양돈장은 눈엣가시처럼 여기는지, 저들도 돼지고기를 필요로 하면서 어깃장을 놓는다는 것이었다. 한사장도 마을사람들과 대립각을 세우려는 장인의 행동이 처음 얼마 동안은 마뜩찮았다. 허나 장인은 돼지에 대한 남다른 애착이 있었다. 돼지로 하늘신과 지신에게 제사지내고, 조상에게도 제물로 올리는 신물(神物)로 생각하였다. 원시조상들은 돼지와 함께 살았다나. 한사장 장인 집안은 누대로 돼지를 여러 마리

사육하여 보릿고개를 넘기고, 명절 때면 돼지를 잡아 동네 돌림으로 나누어 먹었다고 하였다.

그런데 장인어른의 양돈장이 경매로 넘어갔다면서요? 정보 하나는 빠릅니다. 한사장은 안교장의 말에 쓰거운 웃음을 입가에 매달았다. 그래서 말인데, 우리가 낙찰을 받아 노후대책으로 귀촌을 했으면 하는데 어떠시오? 좋은 방향이오만……. 다른 손으로 넘어가느니 친구들 가운데 누군가가 소유하는 것이 훨씬 좋지 싶었다. 처남은 장인의 고집으로 지켜 온 땅인데도 고향에 대한 애착이 별로 없었다. 명절 때 주말을 즐기듯 고향에 내려오는 것은 일종의 의무감에 지나지 않았다. 고향을 경시하는 처남의 사고를 탓할 수만은 없을 것이다.

한사장은 마무리하는 것을 보고 와야겠다면서 자리에서 일어났다. 산역꾼들은 한잔 술에 벌겋게 익은 얼굴로 마무리 작업을 하였다. 한 사람이 살다가 흙으로 돌아가는 과정. 누구나 한 번은 죽음이라는 종착역에 이르기 마련인데 오늘따라 드높은 산상에서 내려다보는 기분이었다. 개미의 죽음이나 코끼리의 죽음이 뭐 다른가.

남위원은 일행과 함께 먼저 산에서 내려왔다. 가벼운 기분으로 저수지를 돌아보았다. 저수지에 가라앉은 마을 음영이 한 폭의 정물화요. 우리가 사는 안락한 동네를 저수지 속에 비춰 보면 어떤 음영이 떠오를 것 같소? 갑자기 안락한 동네는 왜지요? 문득 여기까지 따라와서요. 착시현상이라고는 할 수 없고, 마음 깊은 내면의 음영 아니오? 안교장은 남위원의 마음을 꿰뚫어 보았다. 선문답 같은 그 말속에 남위원의 의중이 저수지 물속에 거꾸로 매달려 있었다.

*

남위원이 안락한 동네로 이사 오게 된 것은 순전히 여실댁의 바람이었다. 대학가, 그런대로 공기 좋고 분위기 좋아 오래 살자고 마련한 집이어서 화초도 가꾸고 꽤나 정성을 기울였다. 그러던 어느 날, 느닷없이 이사를 가자는 것이었다. 이사를요? 남위원은 뜨악한 표정을 지었다. 시골에서 올라와 도시생활에 때때로 답답함을 느끼면서도 그런대로 잘 지내던 어머니였다.

너는 아무리 밖으로 나돈다고 애하고 집에서 어떻게 보내는지 모르냐? 집이 어때서요? 집이사 명당자리다만, 그녀러 최루탄가스 땜새 못살것다. 눈물, 콧물 주체를 못하겠고, 제일로 바람에 불려 갈 손녀의 건강이 염려된다. 문을 제대로 열어 놓을 수가 있냐, 잠을 자자 해도 눈이 따가워 눈을 붙일 수가 있냐. 남위원은 여실댁의 그 말에 갑자기 현실을 직시하였다. 대학가는 연일 데모의 함성으로 들끓었고 최루탄가스가 한 치 앞을 바라볼 수 없게 하였다. 남위원도 주말이면 가두행렬에 참가하였다. 그런데 집에 남아 있는 어머니와 어린 딸은 최루탄가스에 온전히 노출되어 고통을 받고 있는 것이다. 최루탄 가스는 보이지 않는 그림자로, 살금살금 때로는 난폭하고 무자비하게 인근 주택가로 침입하여 고통을 가중시켰다.

한번 생각해 보죠. 한 생각이고 두 생각이고, 최루탄가스 터지는 날 집에 있어 보그라. 그래야 내 말을 실감할 것이다. 여실댁은 미적지근한 남위원의 태도가 못마땅하다는 듯 손녀를 데리고 마실을 나갔다. 그렇게 최루탄가스로 한차례 어머니와 냉기류가 흐르고 난 뒤 이사를 가게 된 결정적인 사건이 일어났다.

그날, 남위원은 새벽녘까지 신문사에 보낼 원고를 타이핑하였다. 일주일에 한 번씩 기고하는 시사칼럼이었는데, 남위원의 앞 차례 사람이 펑크를 내는 바람에 부랴부랴 땜질을 해 주지 않으면 안 되었다. 남위원이야 이번 주나 다음 주나 상관없는 터여서 먼동이 희붐하게 터 올 때까지 작업을 하고, 그 길로 신문사에 타이핑한 원고를 넘겨주고 일찍 집으로 돌아왔다. 방문을 들어서자마자 피로가 몰려오면서 잠이 쏟아졌다. 겨우 상의만 벗어던진 채 혼곤히 잠이 들었는데 어머니께서 발길질하듯 깨웠다.

아범아, 일어나 봐라. 보기에 요상한 사람이 찾아왔다. 여실댁의 그 말마디에 불안감이 묻어났다. 남위원은 하품을 매달며 방문을 나섰다. 대문을 들어선 사내는 첫인상부터가 어머니의 예감대로 달가운 손님이 아니었다. 수인사가 끝나고 명함을 건네받고 보니 역시나였다. 관할경찰서 대공과장이었다. 제가 찾아온 것은 신고가 들어와서요. 신고라니요? 남위원은 잠시 이해할 수 없는 얼굴로 생각을 추스렸다. 도대체 감이 잡히지 않았다. 두서너 번 쫓기는 데모주동자들을 숨겨 준 일은 있었다. 그리고 주말이면 가두데모행렬에 참여하였다. 시사칼럼도 눈여겨 읽는 사람에 따라 각기 받아들이는 각도가 다르겠지만, 역사의 반복과 아이러니를 사례로 들며 우회적으로 오늘의 현실을 담아냈다.

언짢게 듣지 마시오. 간첩신고가 들어왔어요. 이건 또 뭔가. 날벼락이 아닐 수 없었다. 자칫하다간 간첩죄로 꼼짝없이 패가망신할 판이었다. 갑자기 머리가 복잡해졌다. 아득한 이명처럼 지난날 노동운동의 전력이 흠칫 떠오르고 더 거슬러 올라가 아버지 세대의 좌우이념 대립까지 뒤엉켰다. 그럼, 제가 고정간첩이라도 된단 말인가요? 남위원은 안방에서 숨을 죽이고 엿듣고 있는 어머니를 의식하였다. 육이오 전쟁으로 청상과부가 된 어머니는 전쟁이 끝나고 나서도 행방이 묘연한 아버지로 하여 심심찮게 불려 다니며 마음고생을 하였는지라 시국 이야기만 나오면 몸서리를 쳤다. 지금도 그때의 고문 후유증이 남아 있었다.

선생께서 새벽녘에 무전연락을 취했다는 겁니다. 무전연락이오? 점점 가파른 미궁 속으로 몰아넣었다. 이건 완전히 올가미를 씌우려는 수작 아닌가? 어처구니가 없었다. 그래서 말인데 서재부터 좀 봐야겠습니다. 가만있어 보세요. 새벽녘이라 하였지요? 타이핑 소리였어요. 급한 원고 때문에 새벽녘까지 타자기로 타이핑을 쳤어요. 남위원은 여유를 가지며 웃음을 자아냈다. 모르긴 몰라도 새벽녘 타이핑 소리를 이웃에서 예민하게 받아들인 나머지 신고를 한 듯싶었다.

그래요? 어쨌거나, 신고가 들어온 이상 어쩔 수 없어요. 그리고 선생의 시사칼럼도 쭉 훑어봤는데 심하게 말하자면 노회하다 할까, 지능적으로 문제성을 들추어냈더군요. 그거야, 시사칼럼 아닙니까. 남위원은 대공과장을 서재로 안내하였다. 타이핑을 치다 버린 종이뭉치하며 방 안이 어지러울 법한데 어머니께서 말끔히 청소를 해 놓았다. 대공과장은 정밀 검사하듯 꼼꼼하게 서재를 둘러보았다.

암만해도 이사를 가야겠다. 저놈들이 한 번으로 순순히 물러나지는 않을 것이다. 기회만 있으면 그걸 빌미로 진을 치고 앉을 것인께. 여실댁의 예감은 적중하였다. 결국 타이핑 소리를 잘못 곡해하였다는 결론을 내렸으면서도 여실댁의 마음을 영 불편하게 하였다. 그 뒤로도 데모만 일어났다 하면 찾아와 진을 치고서 주위의 동태를 살폈다. 어머니로부터 그 말을 들을 때마다 기분이 언짢았다.

여보, 어머님 말씀대로 한갓진 곳으로 이사 갑시다. 그동안 말이 없던 아내는 딸아이가 콜록거리며 신열로 보채는 모습을 보고 조용히 말하였다. 아내 역시 낮이면 직장에 나가는지라 여실댁으로부터 딸아이의 보채는 원인을 듣고서야 분위기를 파악하였다. 그래, 좋다. 기분도 전환할 겸 새로운 활력소를 불어넣는 것도 괜찮으리라.

남위원은 마음을 정하자 다음 날부터 집을 보러 다녔다. 도시의 울안인데도 사람이 사는 방법은 가지가지였다. 궁색하다면 궁색할 수밖에 없는 삶의 둥지. 매번 서글픔을 안고 돌아섰다. 그것은 구차하고 궁핍한 군상들의 음영 어린 모습 뒤편에 자신의 그림자가 짙게 드리워져 있었기 때문이었다. 내 집 한 칸 마련하지 못하였을 때의 나의 모습은 어떠하였던가? 그렇게 몇 번을 먼지 둘러쓴 끝에 번쩍 눈에 들어오는 단지가 있었다. 아내와 해운대 달맞이 고개를 둘러보고 오다가 차창 너머로 이제 한창 아파트단지를 다지는 둔덕을 발견한 것이다.

저기 같으면 남향받이로 마음에 들어요. 아내도 기꺼운 얼굴을 하였다. 남위원은 차에서 내려 현장을 찾아갔다. 입구에 화산 박씨 제실이 고적한 운치를 더해 주는 아파트단지는 정남향으로, 언덕 위의 하얀 집을 연상케 하였다. 남위원은 미적거리고 꼽아 볼 것 없이 그 길로 매매계약을 하였다. 그렇게 안락한 동네에 안주하게 되었는데, 이선생과 안교장 또한 비슷한 시기에 같은 아파트단지에 들었다. 이제 막 문단에 이름을 올린 이선생은 딸아이의 초등학교 입학과 동시에 알게 되었다.

여보, 담임을 맡으신 선생님께서 보호자인 당신을 알아보더라니까요. 반가운 정도가 아니었어요. 만나 보고 싶다더군요. 딸아이의 손을 잡고 입학식에 다녀온 아내로부터 그 말을 들은 남위원은 주말을 이용하여 이선생과 만났다. 첫 만남부터 십년지기나 된 듯 마음을 열었다. 연배도 같고 하여 말의 높낮이도 허물었다. 남위원이 입주한 아파트 일층에 안교장이 이사 왔어요. 아실런지 모르겠소. 남위원이 칼럼을 연재하는 신문에 삽화를 하는데. 그래요? 듣던 중 반갑구랴. 남위원이 반색을 하자 이선생은 공중전화박스에 매달려 안교장에게 전화를 걸었다. 안교장은 곧바로 나왔다. 새로 난 큰길가 포장집을 들어섰다.

이렇게 같은 아파트단지에 마음 맞는 사람들이 이사 오기란 그리 쉽지 않은데 마음 즐겁습니다. 안교장은 퍽 만족스러워하였다. 학교 일로 늘 바쁜 가운데 집이라고 들어서면 아파트 자체가 삭막하고 정감이 없었는데 얼마나 다행스러운 일이냐고 이선생도 맞장구를 쳤다. 그렇게 맺어진 세 사람의 우정은 여실댁의 갑작스러운 운명으로 더욱 끈끈하게 이어졌다. 새 아파트로 이사하고 고대하던 아들손자를 뒤늦게 떠억 하니 안겨 주었더니 그만 고혈압으로 쓰러진 것이다. 미처 어떻게 손쓸 사이도 없이 의식불명인 채 보름여 만에 운명하였는데, 두 사람은 형제 이상으로 마음을 써 주었다. 장례를 치르고 나서도 남위원의 슬픔을 위로한답시고 퇴근과 동시에 술자리를 마련하였다.

*

비도 부슬거리고, 어머니 입원하고 계실 때 정성으로 간호해준 간호사를 불러내요. 남다른 구석이 있었어요. 오늘 병원 앞에서 우연히 마주쳤는데 여간 반가워하지 않더군요. 그래, 맞아. 보기 드문 간호사였어요. 이선생의 제안에 안교장도 떠듬하게 기억을 되살렸다. 이선생은 병원으로 향하였다. 그리고 이내 돌아왔다. 조금 있으면 나올 거요. 이선생은 천연한 웃음을 지었다. 조금 있자 그녀가 나타났다. 간호사 복장을 하였을 때보다 성숙한 향기를 지니고 있었다.

잊지 않고 기억해 주셔서 고맙습니다. 그녀는 남위원과 안교장에게 예의를 갖추어 인사를 하였다. 그 자상한 모습을 어찌 잊겠어요. 우리는 다른 병원으로 옮겨 갔는가 했어요. 어디로 모시는 게 좋을까? 우리는 안개비도 내리고 해서 구름 속에 숨은 보름달도 감상할 겸 제실 뒤 소나무 밑이 어떨까 했는데……. 운치 있겠어요. 어릴 적 가끔 희끄무레한 달밤이면 전설의 고향을 찾자고 뒷동산 노송을 찾았어요. 세 사람은 그녀의 스스럼없는 찬성에 한 사람씩 제실 담장을 넘어갔다.

노송 아래 묘지가 있네. 맨 먼저 담장을 뛰어내린 이선생이 놀랐다. 위계질서가 정연하게 묘지가 들어서 있는 줄은 생각도 못하였다. 보아 하니 아파트단지를 조성하면서 이곳으로 옮겨 모셨는가 보았다. 얼마나 좋아요. 이곳에 잠든 조상님들도 가까운 지척인데도 멀게만 느껴져 소원했을 거예요. 오랜만에 사람 훈김을 맡을 수 있어 기꺼워할 거예요. 그녀의 말에 세 사람은 따르기로 하였다. 병원에서 죽어 나간 영혼들을 많이 대한 넉넉함이 자리하고 있었다. 제일 윗대의 조상에게 술잔을 올리고 나서 소나무 아래 잔디에 둘러앉아 술잔을 나누었다. 정말이지, 전설에 나옴 직한 인물들 같아 술기운이 안개비에 젖는구려. 마음이 축축하게 젖습니다. 이런 운치를 도시 안에서 느껴 보다니, 이태백도 혀를 내두르지 싶어요. 이 선생은 한잔 술과 더불어 순진무구한 취흥이 돋아난다는 얼굴이었다.

간호사님은 억양 가운데 제주도 음색이 짙은데, 그런가요? 제주에서 태어나고 자랐어요. 이곳에서 간호전문대학을 나왔고요. 저의 어머니는 이기대 부근에 물질을 나왔다가 이곳 남자를 만났어요. 아버지께서 부산 분이군요. 그런데 어째서 제주에서 나고 자랐어요? 안교장은 거기에 관심을 보였다. 예리하다고나 할까. 휘영청 밝은 달이 바닷물에 빠져 잠길 때, 이기대 푸른 잔디밭에서 사랑을 나누었다고 하더군요. 그녀는 어머니의 영상을 떠올리며 어머니의 애스러운 한숨소리를 들었다.

어머니는 그 순간의 사랑을 간직하고 제주로 돌아왔는데 그날로 태기가 있었어요. 그리고 열 달 뒤에 저를 낳았고요.

아버지는요? 어머니는 미처 아버지의 존재를 다 헤아리지 못했어요. 너무나 갑작스레 열정적으로 이루어진 사랑이었는지라, 아버지의 성함과 선원이라는 것만을 겨우 간직한 거예요. 저는 외할머니 손에서 자랐어요. 아무리 그렇다고 사생아나 다름없이 딸을 키웠다는 거요? 그런 셈이었어요. 제가 고등학교에 들어가고부터 아버지의 존재를 절실히 느꼈어요. 그때까지 어머니는 수절과부 아닌 과부나 다름없이 지냈고요.

그녀의 어머니는 계속 물질을 하였다. 딸 하나를 제대로 교육시키기 위해 부산으로 유학을 보내고 나서 험한 파도 속에 한숨을 묻었다. 언젠가는 사랑하는 사람을 만나리라는 기대와 소망은 세월과 함께 빛이 바래져 갔다. 그녀는 아릿한 무언가를 안고 아버지의 성함과 선원이었다는 신분만을 지닌 채 부산바다을 샅샅이 뒤지다시피 하였다.

그래, 찾으셨어요? 극적이었어요. 간호사로 일한 지 오 년만에 찾았어요. 그것도 병원의 중환자실에서요. 정말 우연이었지요. 환자 한 분이 갑자기 뇌출혈로 쓰러져 한밤중에 실려 왔어요. 그녀는 마침 야간근무였다. 카드를 작성하는데, 그녀가 찾던 이름이었다. 순간 가슴이 후들거렸다. 직감이랄까, 그녀가 그렇게도 찾던 친아버지일지도 모른다는 예감으로 휩싸였다. 전에 느껴 보지 못하였던 전율이었다. 그런데 유감스럽게도 의식불명인 상태여서 말문을 닫고 있었다.

그녀는 남다르게 간호를 하였다. 하루빨리 의식이 깨어나기를 바랐다. 그러나 그녀의 기대와는 달리 쉽사리 깨어나지 못하였다. 그녀는 조급증이 일었다. 유전자 검사를 하기로 하였다. 아무도 몰래 혈액을 채취하여 그녀의 혈액과 함께 검사를 의뢰하였다. 초조하게 결과를 기다렸다. 환자의 건강은 더욱 악화되어 갔다. 결과가 어떻게 나오든 그때까지 생명을 지탱해 주기를 간절히 기원하였다. 드디어 기다리던 결과가 나왔다. 친자 확인서였다. 그녀는 숨이 막혔다. 어머니, 드디어 아버지를 찾았어요! 그녀는 눈물이 그렁한 눈으로 중환자실로 뛰어갔다. 그런데 또 한 번의 비극이 가로놓였다. 중환자실로 들어선 순간 아버지는 숨을 거둔 것이다. 그리고 어머니 대신 낯선 여자가 임종을 지켜보고 있었다.

짓궂은 운명이오. 남위원은 속으로 혀를 찼다. 일찍 아버지를 여읜 남위원인지라 동병상련이라고나 할까, 새삼 그녀가 측은해 보였다. 나머지 이야기는 포장집에서 듣기로 합시다. 안교장은 빗방울이 굵어지자 자리에서 일어났다. 그녀를 먼저 제실 담장을 넘게 하고 차례로 담장을 넘었다. 맨 나중에 담장을 넘어오던 이선생이 아얏! 소리를 내지르며 길바닥에 주질러 앉았다. 발을 헛디뎌 발목을 접지른 것이다. 남위원과 안교장은 이선생을 부축해 일으켰다.

응급치료를 받아야겠어요. 그녀는 이선생의 발목을 확인하고 간략하게 진단을 내렸다. 허헛, 난데없이 호강하게 생겼소. 이쁜 간호사의 정성을 독차지하게 생겼으니. 그게 아니라 제실에 잠든 영혼들이 시샘을 한 게요. 이선생은 발을 절름거리며 병원에 들어섰다. 응급실에 들어서자 그녀는 정성스럽게 치료를 해 주었다. 다행스럽게도 심하게 삐지 않아 응급처치로 족하였다. 갑시다. 한잔 더 해야겠소. 이선생은 절룩걸음으로 세 사람을 포장집으로 잡아끌었다. 뜻밖에도 박서예가가 혼자 앉아 있었다.

형님께서 어인 일입니까? 남위원이 깜짝 반겼다. 이곳에 혼자 올 사람이 아니었다. 박서예가와는 서예전시회장에서 만났었다. 김선장이 새집으로 이사를 한다기에 선물할 요량으로 전시회장을 돌아보았는데 박서예가의 글씨가 제일로 마음에 들었다. 그게 인연이 되어 곧잘 어울리게 되었고 호형호제 하는 사이가 되었다. 그게 벌써 십 년 넘는 세월이었다.

집에 전화를 하였더니 아마 여기 있을 거라고 해서 왔지. 세 분은 삼총사 같소. 박서예가는 이선생, 안교장과 반갑게 악수를 나누었다. 간호사와도 기꺼운 마음으로 안면을 텄다.

시절이 가벼운 것만 좋아해서 서예 배우러 오는 사람도 드물지요? 큰일입니다. 젊은 사람들은 아예 구경할 수도 없어요. 교육 풍토가 그렇고, 단절과 괴리가 곳곳에 도사리고 있음에랴. 옛것을 눈 밝혀 계승하여 새롭게 꽃피워야 하는데 어떻게 돌아가는 세상인지 한숨이 절로 났다. 이선생과 안교장은 교육계에 몸담고 있어 그 점을 누구보다도 절실히 피부로 느낄 것이다. 갑자기 세상이 전도된 느낌이지요. 팽이처럼 오늘의 주사위 위에서 팽글팽글 돌아가는 세태 아닙니까. 안교장은 공감한다는 듯 심각한 표정을 지었다. 교육일선에서 직접 몸으로 부딪쳐 보면 말로 표현할 수 없는 갈등구조가 파생되었다.

저도 서예를 익히고 싶어요. 정신적으로 얼마나 많은 여유를 누릴 수 있어요. 그 속에서 역사와 예술을 담을 수 있고요. 언제든지 오세요. 문은 열려 있으니까. 박서예가는 간호사의 말에 반색을 하였다. 어느 때보다 현란한 가운데 정적인 자기수양이 요구되는데 그렇지가 못하였다.

서체도 우리 것을 연구해야 하지 않을까요? 조선조에서부터 오늘에 이르기까지 일방적으로 안진경체니 구양순체니 하는 중국서체에만 매달려 우리의 문기가 고사되었어요. 이선생은 몇 년 전에 중국 여행길에 광개토대왕 비문을 구경하였다. 서체가 아주 독특하였다. 그걸 고구려체라고 가정한다면 신라, 백제서체가 있지 싶은데 중국서체에 매몰되어 독보적인 우리의 서체가 박제되었다고나 할까. 일찍이 퇴계 이황도 중국서체만 본뜬다고 자탄하였다. 정말 우리 서체야말로 고졸하면서도 융통성이 있지 않는가. 그래서 추사체가 독보적인 존재로 다가서는지 모른다. 한글서체도 연구를 많이 하여 개발해야 하지 않을까? 한글처럼 율동성과 안정감을 동시에 지니고 있는 글자도 없을 것이다. 어디에다 응용하더라도 예술성이 뛰어나지 않은가. 하긴, 벌써 한글서체로 다양하게 디자인

한 상표와 제품은 물론 영상매체까지 출시되지 않던가.

오늘은 모처럼 뜻 맞는 자리여서 술이 취합니다. 비도 곰살맞게 내리고. 박서예가는 아주 닻을 내리려는 자세였다. 간호사가 돌아갈 시간이 염려되었으나, 그녀도 다소곳한 자세로 시간을 잊고 있었다. 박서예가의 태산목 같은 자세에 모두가 취하였다. 가까스로 박서예가를 일으켜 택시를 잡아 주고, 간호사를 병원에 데려다 준 세 사람은 어깨동무를 하듯 아파트를 들어섰다.

다음 날, 남위원은 숙취로 지근거리는 머리를 싸안고 집을 나섰다. 택시를 타려고 슈퍼마켓 앞에 이르자 주인이 불렀다. 간밤에 함께 계시던 분께서 택시를 타면서 신발을 벗고 타시던데 신발 찾으러 오셨습니까? 아, 그래요. 자기 집 안방인 줄 알고 신발을 벗고 탔는가……. 남위원은 멋쩍게 얼버무렸다. 이 양반이 무슨 노망이람. 우리는 또 뭔가. 신발을 벗고 택시를 타는 줄 몰랐다니. 속으로 웃음을 터뜨리며 신발을 받았다. 이 신발 때문에 박서예가와 또 한 차례 술잔을 나누며 풋풋한 전설로 자리매김해야겠지.

*

아파트 너머 뒷산 공동묘지를 파헤치고 사립 중고등학교가 들어섰다. 산 뒤꼭지에서 샘솟는 약수터에서 물을 길어 올 때마다 열녀비가 서 있는 무덤가에서 무념스레 쉬었는데 중고등 학교가 들어설 줄은 몰랐다. 강시인은 남위원과 이선생, 안교장이 삼총사처럼 지낼 때 학교를 따라 안락한 동네로 이사 오던 길로 합류하였다. 평소 성격이 소탈하면서도 맺고 끊는 점이 분명하여 첫 만남부터 기꺼운 사이가 되었다.

그런데 그 뒤로 간호사와의 관계는 어떻게 진전되었어요? 강시인은 심심찮게 술잔 속에 떠돌던 간호사의 존재를 떠들렸다. 강시인이 나타나기 전의 일이어서 그게 궁금하였다. 어느 날, 그녀가 행방을 감추었어요. 세 사람은 그녀와 일 년 남짓 가끔씩 즐겨 자리를 함께하였다. 그 덕분에 안락한 동네 인심 훈훈한 실비집을 번차례로 드나들며 하루의 피로와 가슴에 쌓인 스트레스를 푸는 가운데 우정을 담아냈다.

그녀는 기꺼운 마음으로 귓불을 발그레 익히면서 끝까지 자리를 지켰다. 분위기에 파도를 타듯 애수 어린 노랫가락도 사양치 않았다. 그녀의 노래를 듣노라면 넘실거리는 바다 위에서 조각배가 깝죽거리며 파도를 타고 넘는 모습이 연상되었다. 바람에 떠밀리듯 나아가는 조각배. 그 야릇한 음색에 우리는 더욱 취하였고 자정을 넘기기 일쑤였다. 그렇다고 두드러지게 자신의 존재를 각인시키지는 않았다. 늘 겸손함을 잃지 않았다. 그렇던 그녀가 갑자기 모습을 감추었다.

그래도 그렇지. 무슨 피치못할 사정이 있다 한들 너무 야박한 인심이오. 세 사람은 고개를 갸웃하였다. 짙은 안개 속에

발을 내딛는 것처럼 치막한 여운을 남겼다. 짧다면 짧은 인연이었지만 그렇게 무정하게 떠날 줄 몰랐다. 아무튼, 못내 아쉬웠다.

그녀가 떠나고 난 뒤 즐겨 찾던 술집들도 변화를 가져왔다. 큰길가 정다운집이 대표적이었다. 곱상한 마음씨로 빚어낸 동동주가 입소문을 타고 드넓게 알려지자 즐거운 비명을 지르며 그 수요를 감당할 수 없었던지, 아니면 물욕을 앞세운 나머지 양심을 저버렸는지, 처음 빚어낸 술맛과는 달리 점점 이상야릇해졌다. 모주꾼들의 입맛이 어떤가. 아무리 취하였을지라도 술맛의 농간을 모를 리 있겠는가. 취객들은 너나 할 것 없이 머리를 내젓고 돌아섰다.

아니나 다를까, 어느 날 간판을 내리고 없었다. 그와 때를 같이하여 생겨난 집이 큰길 건너 철로변 골목시장 입구 곱창집이었다. 부슬부슬 비가 내리거나 소슬한 바람에 낙엽이 떨어질 때, 지축을 울리며 지나치는 기적소리는 새로운 낭만을 주었다. 부부는 정성껏 손님들을 모셨다. 시골에서 도시로 나와 고물상을 하였는데, 어느 날 도살장 쓰레기더미 속에서 돼지새끼 한 마리를 발견하였다는 것이다. 그게 무슨 계시만 같아 그날로 곱창집을 열었다고 하였다.

그날도 우리는 길가에 떨어진 은행잎을 밟으며 곱창집을 들어섰다. 좀 조용하다 싶었는데 인심 좋은 주인장은 곱창과 더불어 삼겹살을 서비스로 내놓았다. 쓰레기더미에서 발견한 돼지새끼가 돈을 불러오지요? 안교장은 고마운 얼굴로 주인장에게 술잔을 안겼다. 주인장은 기꺼운 마음으로 술잔을 받았다. 현재로서는 고물상 하는 것보다 낫습니다.

좋은 징조인데 잘 돼야지요. 돼지랄 놈은 신에게 바쳐지는 제물임과 동시에 수도를 정해 주는 신통력을 지닌 것으로 이름값을 하였지요. 고구려가 국내성으로 수도를 옮긴 것이나, 송악 남쪽 기슭에 누운 돼지자리가 뒷날 고려의 도읍지가 되었다. 그런가 하면 서출지(書出池)로 유명한 고사와, 돼지의 인연으로 아들을 얻은 고구려 산상왕의 이야기는 신의 뜻을 전하는 사자(使者)의 상징으로 나타난다.

이야기가 점점 재미있습니다. 주인장은 흘깃 벽시계를 의식하였다. 주방에서 부인이 문 닫을 시간이라고 눈짓을 하였다. 오늘은 이만 하고 일어납시다. 집안의 수호신 또는 재물신으로 복(福)의 근원인 돼지꿈이나 꿉시다. 세 사람은 자정이 가까운 시간 지축을 울리는 열차의 진동소리를 들으며 곱창집에서 나와 철로를 건넜다. 육교를 막 오르려는데, 수산물 운반차량이 성급히 눈앞에 멎었다. 차창 문이 열리면서 모자를 깊숙이 눌러쓴 여인이 세 사람을 불러 세웠다. 세 사람은 누구인지 도무지 감을 잡지 못하였다.

저예요. 간호사……. 세 사람은 깜짝 놀랐다. 연약한 여자가 한밤중에 수산물 운반차량을 몰다니. 더구나 까마득히 행방을 감춘 그녀가 아니었던가. 아니, 이게 꿈이오, 생시요? 그렇게 되었어요. 보시다시피 변신을 거듭하였고요. 변화가 무궁합니다. 도대체 무얼 싣고 다니시오? 이선생은 술기운이 싹 가신다는 듯 정색을 하였다. 생선횟감을 운송해요. 새벽같이 주문량을 운송해 주고 볼일을 좀 보다 보니 시간이 이렇게 되었어요. 세 분이 여전한 모습으로 다가와서 저도 모르게 반가움이 치밀어 올랐지 뭐예요.

내리세요. 그동안 밀렸던 이야기도 있을 게고, 너무 반가워요. 그럴까요. 잠깐 짬을 내죠. 그녀는 도로변에다 차를 세웠다. 세 사람은 다시금 곱창집을 들어섰다. 주인은 문을 닫으려다 어정쩡하게 맞았다.

고기도 다 떨어지고……. 잠깐이면 돼요. 안주는 제가 가져오죠. 그녀는 순발력 있게 운송차량 물탱크에서 광어와 우럭을 잡아 들고 왔다. 신선한 안주군요. 다 장만하지 말고 나머지는 집에 가져가서 국거리 하세요. 자다 일어나 제사떡 받아먹는 기분입니다. 주인장은 찜찜하던 표정을 걷어 내고 횟감을 장만하였다.

그래, 그동안 어떻게 지냈어요? 아니지요, 어찌 그렇게 무정하게 바람처럼 사라질 수 있었어요? 안교장이 마음 급하게 물었다. 새삼 지나온 시절이 새뜻하게 떠올랐다. 그녀는 잠시 뜸을 들였다. 잔잔한 눈가에 물기가 어렸다. 세 사람은 잠자코 다음 말을 기다렸다.

말씀 드리자면 사연이 길어요. 그녀는 먼 친척의 소개로 일본으로 건너갔다. 재일교포가 운영하는 병원이었는데 알고 보니 속은 취업이었다. 그녀는 재일교포 부인의 병간호에 필요한 존재였고, 재일교포는 유혹의 마수를 뻗쳤다. 병든 부인을 향한 일말의 동정심으로 참고 인내하였는데, 그 사실을 알게 된 병든 부인이 남편의 파렴치한 행동을 두고 볼 수 없다면서 그녀에게 본국으로 돌아가라고 하였다. 삼 년 만에 돌아와 마음의 상처를 잊기 위해 차를 몰고 전국을 떠돌았다. 어느 날, 청해진에서 제주도 가는 배를 타려는데 가두리 양식장을 하는 노총각을 만났다. 그도 한때 부산에서 가내공업을 하다 실패의 쓴잔을 마시고 고향으로 돌아와 가두리 양식장을 하고 있었다. 그는 고기를 키우고, 그녀는 고기를 운송하는 일을 맡았다.

인연이 따로 있었군요. 그간의 악몽에서 벗어나 새롭게 둥지를 튼 거예요. 신선한 바다내음이 제일로 좋아요. 언제든지 전화 주세요. 일주일에 두어 번 광안리 회센터에 고기를 운송해 주거든요. 그녀는 가뭇하게 그을린 얼굴로 반쯤 웃음을 지으며 자리에서 일어났다. 세 사람은 그녀가 선물한 생선회를 술안주로 들며 인생유전에 대해 이야기를 나누었다.

그 뒤로 만나 봤어요? 강시인은 무언가 여운이 있지 않겠느냐는 얼굴로 물었다. 우리 세 사람을 청해진으로 초대하였는데 아직까지 시간을 잡지 못하였어요. 이선생은 여전히 그녀에 대해 아련한 기운을 지니고 있었다.

강변의 갈대

햇살은 아직도 따가웠다. 가로수는 단풍이 물들고 있는데 후끈 달아오른 대지는 여전히 여름을 지니고 있었다. 남위원은 자전거를 끌어냈다. 강변로. 자전거 산책로가 빨간 보도로 조성되어 아침저녁 페달을 밟아 나가노라면 상큼한 기분이 들었다. 강변로는 아파트단지 후문과 연결되어 있어 누구나 산책의 충동을 느끼기 마련이었다. 그래서일까, 젊은이들부터 노인과 어린아이에 이르기까지 즐겨 찾았는데, 거기에 화답이라도 하듯 숭어 떼가 뛰놀고 갈매기와 청둥오리가 한가하게 노닐었다.

그러니까 이곳, 새로 조성된 아파트단지로 옮겨 온 것은 햇수로 삼 년 전이었다. 본래는 갈대가 우거진 진수렁이었는데 컨테이너 하치장이 들어섰다가 세월과 더불어 아파트단지로 거듭났다. 그전에 살았던 전망 좋은 아파트와 불과 일 킬로미터 남짓한 거리였으나 고급 아파트라는 위압감으로 주위의 서민용 아파트들은 영 거리감을 느꼈다. 그러자 뒤질세라 강변을 바라보고 이쪽저쪽 경쟁적으로 아파트단지들이 생겨났다. 예전에는 그 부지들이 전부 올망졸망한 가내공업단지였는데, 세월의 무게에 떠밀려 하나둘 사라지고 고급스러운 아파트가 들어선 것이다. 생산성이 없는 도시는 궁핍하기 마련인데, 이 도시도 점점 외향성 소비지향과 알량한 사치성 공간으로 변해갔다.

남위원도 외향성으로 내비치는 아파트단지의 일원이 되었다. 처음에는 내켜하지 않았으나, 이십 년 넘은 아파트에 살다보니 불편함이 두 어깨를 내리눌렀고 자연스레 남위원의 등을 떠밀었다. 이선생과 안교장도 덩달아 주위의 새로 조성된 아파트로 이사를 하였다. 다른 곳도 눈여겨볼 만하였으나 세 사람은 안락한 동네를 떠나고 싶지 않았던 것이다.

손전화가 울렸다. 남위원은 강을 가로지른 다리난간에 자전거를 기대어 놓고 전화를 받았다. 이선생이었다. 거기서 기다리라고. 자전거 끌고 나갈 테니까. 남위원은 손전화를 닫고 이선생이 살고 있는 아파트를 올려다보았다. 십이 층 서재에서 강변을 내려다보다 말고 남위원을 발견한 모양이었다.

사십대 중반으로 보이는 덥수룩한 사내가 다리난간에서 낚싯대를 드리우고 있었다. 먼발치에서 숭어가 뛰놀았고, 사내는 그때마다 긴장을 하였다. 아직 깨끗하게 정화되지 않은 강물에서 뛰노는 숭어를 잡아 무엇에 쓸 것인가. 소일거리. 시간을 죽이기 위한 고육지책. 어쩌면 경제 한파에 직격탄을 맞았는지도 몰랐다. 입질을 하는가요? 남위원의 다소 익살스러운 물음에 사내는 입가에 메마른 웃음을 매달았다. 남위원도 한때 실직자의 대열에서 동공현상을 맛보았었다. 그 쓰라린 한파. 스스로 절망을 안고 이겨 나가야 하였다.

자, 가자구. 이선생은 자전거 벨을 울리며 앞서 페달을 밟아 나갔다. 남위원은 천천히 이선생의 뒤를 따랐다. 체육공원으로 조성된 곳에서는 피둥한 몸피들이 체육기구마다 매달려 안간힘을 쓰고 있었다. 아, 어쩌면 저렇듯 체중을 감량하기 위해 비지땀을 흘릴까. 남위원은 언젠가 고향을 찾았을 때, 자네는 언제 봐도 그 체중이네이. 다른 사람들 같으면 그 신상에 벌써 배불뚝이가 되고도 남았을 것인디. 방둑에서 쑥을 캐던 성구네 아짐의 묻잖은 말이 떠올랐다. 아짐은 예전보다 더 날씬해졌는걸요. 남위원은 농담으로 받아넘겼다. 내사, 일에 쪼들리고 살림살이에 매달려 살찔 여유가 있었간디. 그걸 보면 육덕 좋은 도시여자들 하는 일 없이 피둥피둥 살만 쪄가지고 사우나다, 등산이다, 체육관이다, 땀 흘리며 찾아댕김시러 생고생을 안 하던가? 거기다가 테레비만 키면 무슨녀러 못 묵고 죽은 귀신들만 사는 세상인댓기 먹거리만 찾아댕기는지. 그래가지고 살이 안 찌게 생겼는가이. 남위원은 성구네 아짐의 말에 머쓱한 기분이었다. 거, 뭐시냐. 아파트도 꼭 돼지우리맨치러 생겼더구만. 남위원은 아파트를 돼지우리로 비긴 데에 떨떠름한 기분이 들었다. 닭장 같다는 소리는 들었어도 돼지우리라는 말은 생소하였다. 배때기를 드러낸 채 나자빠져 있는 피둥하게 살찐 돼지.

철로 밑을 지나칠 때, 마침 지축을 울리며 열차가 지나쳤다. 기차가 지나갈 때마다 왠지 모르게 아련한 향수를 불러일으켰다. 사촌동생의 손을 잡고 처음 기차를 보았을 때, 사촌동생은 눈을 화등잔만 하게 뜨고서 기다랗고 큰 집이 마구 달아난다고 소리쳤다. 그때가 언제였던가?

오늘은 석양노을이 유난히 아름답군. 앞서가던 이선생은 자전거를 갈대밭에 내려놓았다. 강변을 성곽처럼 에워싸고 있는 고층아파트단지 사이로 빠져드는 서녘해가 붉게 물들고 있었다. 장관이구랴. 안교장과 강시인을 부를까? 가만있자, 풀피리 시인이 연락하기로 하였는데 어디서 넋을 놓고 있지? 이선생은 두루 전화를 걸었다. 안교장은 출장 중이어서 나중에 시간이 허락하면 합류하겠다고 하였고, 강시인은 기꺼운 마음이었다. 풀피리 시인은 이쁜 제자들과 자리가 파하는 대로 생선회를 떠 가지고 오겠다고 하였다.

풀피리 시인더러 나루공원에서 만나자고 하지. 그쪽이 더 운치 있고 가까울 테니까. 광안대교 근처라니까 시간이 절약되겠어. 두 사람은 강시인을 기다렸다. 무성한 갈대가 이제 막

꽃을 게워 내고 있었다. 누군가는 이 세상에서 가장 아름다운 여인은 산달이 가까운 여인이라고 하였던가? 노을빛으로 번져 난 갈대밭은 지축을 울리는 기적소리와 더불어 짭질한 향수를 베어 물게 하였다. 청둥오리 떼가 낭만적이야. 숭어가 뛰어노는데 두루미, 갈매기, 청둥오리가 안 오겠어? 옛날에는 꼬시래기를 즐겨 낚아 올렸고, 모래무지도 섬처럼 쌓여 있었는데 추억은 시절과 더불어 금방 망각 속에 묻히기 마련이었다.

수영비행장은 어떻고. 까무룩히 바다 너머로 사라지던 비행기가 어린 꿈을 부풀렸었다. 이선생은 아련한 추억을 노을 속에 아로새겼다. 아버지의 손에 이끌려 항구도시에 발을 들여놓던 날, 천지를 진동시키던 굉음과 함께 바다 위를 떠올라 수평선 너머로 사라지던 여객기를 해운대 동백섬에서 바라보았을 때가 언제였던가? 그 눈부신 활공은 어린 시절을 붙들었고, 이곳에 뿌리를 내리게 된 것도 창공을 수놓은 비행운이 작용하였는지도 몰랐다.

노을에 익은 모습들이 좋게만 보입니다. 강시인은 파발마처럼 나타났다. 두 사람과 마주 앉으며 술병과 안주거리를 펼쳤다. 돼지족발이었다. 몸피 큰 물고기일수록 돼지 미끼를 좋아한다지? 강변에서는 돼지목살로 고시레를 지내지 않아요. 목살 대신 족발을 사 온 게요. 용왕께서 돼지고기를 제일 좋아한다고 하지 않던가요? 남위원은 강시인의 너스레를 흔감하게 받아들였다. 우리네 선조들이 여기에 앉아 오늘의 변화를 상상이나 했을까? 이선생은 아직도 어린 시절의 추억을 떨쳐 버리지 못하고 쓸쓸한 기운을 드러냈다. 하기야, 아무리 번잡한 곳일지라도 깊이 모를 적막감을 안고 있다. 그 기운을 알게 모르게 느끼기에 곧잘 자신이 처한 외로움을 합리화시키는지도 모른다.

그런데 한사장 장인의 양돈장을 낙찰받으면 누가 먼저 입주하지요? 강시인은 한 폭의 그림처럼 펼쳐지는 노을빛 타는 갈대를 쓸어안으며 문득 지난번 한사장의 장인 장례식 때 산허리를 안고 저수지 위로 내려앉던 노을빛을 떠올렸다. 순번이 정해진 것도 아니고, 아무래도 남위원이 개척정신으로 나서야겠지. 사실 여러모로 생각 중이오. 태어난 고향이 오히려 부담스럽고 낯설게 다가올 것도 같고, 이곳에 뿌리를 내린 만큼 훌훌 털어 버리고 떠나기도 무엇하고 말이오. 누구나 그렇지. 지금까지 일구어 온 터전을 단칼에 무 자르듯 하고 시골에 묻혀 들기란 쉬운 일이 아니지요. 강시인은 정년이 언제지요? 저야, 아직 멀었지요. 그리고 아직은 집사람이 시골의 정취를 별로 달가워하지 않습니다. 여자들이 도시생활에서 벗어나기를 더 두려워하지요. 생활의 편리함 때문이랄까…….

인연이 닿는 사람이 있겠지. 이선생은 다소 느긋한 표정을 지었다. 남위원은 돼지족발을 뜯으며 불현듯 야릇한 착시현상을 일으켰다. 아파트 숲 사이로 빠져드는 서녘해를 반쯤 가린 구름 한 조각이 이쪽으로 날아오면서 비단자락으로 노을진 강물 위에 떨어졌다. 구름조각은 이내 돼지 형상으로 변하였다. 서천에서 온 돼지랄 놈이 목욕재계를 하고서 이쪽으로 헤엄쳐 왔다. 어린 날 보았던 섬과 섬 사이를 헤엄쳐 건너던 멧돼지를 닮았다.

어렸을 때, 뭍에 가뭄이 들거나 흉년이 들면 산골 다랭이 밭을 곧잘 습격하던 멧돼지들이 먹을 것을 찾아, 드센 물살로 가로막힌 섬을 향하여 헤엄쳐 왔다. 마을 청년들은 토끼몰이를 하듯 배를 타고 나가 삿대로 멧돼지를 때려잡기도 하였는데, 마을 노인네들은 젊은 청장년들의 그 같은 행동을 달가워하지 않았다. 십이지신상의 하나로 신성시하였기에, 바다를 건너는 멧돼지의 살육을 금기사항처럼 여겼다.

돼지는 강물을 헤엄쳐 나와 갈대밭을 가로질러 남위원의 무릎 아래에 벌렁 누웠다. 남위원은 거친 숨을 몰아쉬는 돼지의 배를 쓸어 주었다. 물기에 젖은 살결이 참으로 부드럽고 윤기가 흘렀다. 순간 농식이 살림 밑천으로 기르던 똥돼지가 망각의 구름장 속에서 뛰쳐나왔다.

*

농식이 장가를 들고 남위원의 행랑채에서 신접살림을 하던 시절, 어려운 관문을 뚫고 이제 갓 신입사원으로 들어간 남위원은 여름휴가를 반납한 대가로 음력 시월상달 시향을 지내기 위해 고향에 내려갔다. 이제는 어엿한 가장이 된 농식은 비록 바닷바람에 그을렸을망정 신색이 훤하였다.

반갑고, 자랑스럽다야. 농식은 돌 가까운 사내아이를 품에 안은 채 남위원을 반겼다. 첫 딸아이는 아장걸음마로 낯가림을 하였다. 봉심은 안채에서 여실댁을 도와 시향음식을 장만하고 있었다. 처녀적과는 달리 새색시로서 부끄러움을 담았다. 남위원이 깍듯이 형수님이라고 부르는 데서 조금은 쑥스러움이 묻어나는가 보았다. 첫딸도 이쁘고, 자식농사는 토실하게 지었습니다. 남위원은 어린아이의 엉덩짝을 토닥거려 주었다. 다 느그 어무니 덕이다. 좀 앉거라. 농식은 토방마루 한 옆을 내주었다.

그보다 급한 게 있어요. 남위원은 먼 길을 오는 동안 참고 있었던 배설이 급하였다. 행랑채 헛간에 딸린 변소를 들어섰다. 급한 마음으로 바지춤을 내리고 힘을 불끈 쓰는데, 시커먼 물체가 괘액 소리를 지르며 저쪽 구석에서 일어났다. 이게 뭐야? 남위원은 소스라치게 놀랐다. 돼지가 금방이라도 홍시를 따먹듯 불알을 따먹을 것 같았다. 어따, 뜨거라. 화들짝 똥덩이 한 줄기를 비둘기 똥처럼 내갈기고 바지춤을 움켜쥔 채 행랑채로 돌아왔다.

뭔 일로 그렇게 놀라냐? 농식은 어린아이와 쥐엄쥐엄을 하다 말고 눈을 둥그렇게 떴다. 통시구덕에 웬 놈의 돼지요? 오, 그것아. 똥돼지다. 그걸 보고 놀랐냐? 농식은 그게 무슨 놀랄 일이냐고 싱그레 웃었다. 사람 놀라지 않게 생겼어요? 불알망태를 덥석 낚아채려는데. 그거사, 니 생각이제. 그놈이 그래 봬도 영판 순둥이다. 아무리 그렇더라도 사람 똥을 먹여 키우다니요? 남위원은 제주도에서 똥돼지를 키운다는 소리를 들었지만 직접 부딪칠 줄은 몰랐다. 영 불결하기만 하였다.

그놈이 얼마나 육질이 좋은디 그러냐. 경제적으로도 한몫하고 말이다. 따로 사료를 근심하지 않아도 되고, 똥돼지 맛을 아는 사람들은 환장을 한다. 어쨌거나, 비위생적이에요. 쓰잘데없는 근심걱정일랑 접어 두거라. 어느 돼지보다 건강하게 자란다. 너도 한 번 맛보면 사족을 못 쓸 것이다. 농식은 천연스레 웃음을 지었다. 남위원은 누다 만 배변으로 아랫배가 묵지근하고 불편하였다. 오랜만에 왔다고 이것저것 장만한 음식을 차려 주는데도 입맛이 당기지 않았다.

왜, 입맛이 없냐? 오느라 고생해서 그런갑다. 여실댁은 짜안한 눈으로 바라보았다. 자나깨나 객지생활 하는 아들이 염려스러웠다. 뱃속이 좀 그렇습니다. 이걸 한 점 묵어 봐라. 이놈의 삼겹살에다 홍어와 신김치를 곁들이면 세상맛이 따로 없어야. 농식은 아궁이 숯불 위에서 지글거리는 삼겹살을 안주로 올려놓았다.

그래, 맞다. 니도 오고 해서 농식이네 똥돼지 한 마리를 잡았다. 그 맛이 참말로 연하고 담백해서 맛이 그만이어야. 똥돼지라고요? 남위원은 여실댁의 말에 펄쩍 뛰듯이 반문하였다.

니도 그 맛을 아는가 보다이. 여실댁은 정반대로 넘겨짚었다. 그게 아니라 조금 전 측간에 가서 똥돼지에게 놀란 모양이요. 어따, 돼지를 모양새 보고 잡아묵냐? 암말 말고 어여 들거라. 여실댁은 모성애가 똑 흐르는 얼굴로 눈을 흘기며 돌아섰다. 농식은 아직도 떨떠름하게 서 있는 남위원을 아궁이 곁에 잡아 앉혔다. 남위원은 난감하였다. 군침이 돌기는 한데 방금 전 변소간의 똥돼지를 떠올리자 입덧이 난 임산부처럼 헛구역질이 올라올 것 같았다.

뭘 그리 뜸을 들이냐? 자, 한 잔 들거라. 농식은 술잔을 안겼다. 그 바람에 남위원은 눈 질끈 감고 삼겹살을 홍어와 함께 신김치에 싸서 한입 씹어 삼켰다. 육질이 그지없이 부드러우면서도 담백하였다. 어쪄? 맛이 그만이제? 그렇기도 한데……. 남위원은 아직도 찌뿌드드한 기분을 떨쳐 버리지 못하였다. 하긴, 흔히들 돼지를 일러 불결한 동물이라고 인식하는데, 따지고 보면 돼지만큼 깨끗한 동물도 없다고 하였다. 사육을 하지 않는 자연 상태의 돼지는 자신이 용변을 본 곳에서는 자지 않으며 지능 또한 높다고 하였다. 원시농경시대에는 추위를 이겨 내기 위해 체온이 따뜻하고 육질이 부드러운 돼지를 껴안고 잤다는 것이다. 따라서 신석기 시대부터 사람들은 돼지고기를 매우 좋아하였다. 쇠고기가 귀하고 질긴 까닭에 상대적으로 구하기 쉽고 육즙이 많아 맛이 좋은 돼지고기를 선호하였다. 그래서 하늘과 땅과 인간사를 주관하는 신들과, 다산을 지배하는 지모신이나 만선을 바라는 바다신에게 돼지고기를 제물로 바쳤다. 그와는 반대로 유목민들은 늘 이동하기 때문에 돼지를 사육할 수 없었다. 대신 양이나 말들을 키워 젖과 털과 가죽을 얻었다.

맛이 있으면 그만이제, 뭔녀러 생각을 그리 곱씹냐. 음식을 묵을 때는 살강 밑을 보지 말라고 하였다. 똥돼지를 먹고 나서 배설을 하면 통시구덕에서 똥덩이를 받아먹는 놈은 그걸 알까요? 별소리를 다한다. 어디까지나 똥덩이에 불과한디 어떻고롬 알것냐. 그럼, 이놈과는 어떤 관계지요? 같은 피를 품 받은 형제지간이요, 아니면 혈통이 다른 거요? 니는 별 것을 다 따져 묻는다. 장날 쪼깐 틈을 내서 같이 사왔응께 먼 친척뻘은 될랑가? 그게 어떻다는 거냐? 어쩌긴 뭘 어째요. 통시구덕에 있는 놈이 우리의 뱃속에서 똥덩이로 변한 동족을 먹는 셈이지요. 사람으로 치자면 간접 식인종이랄까, 아무튼 동족의 살점과 영혼을 제삼자의 배설에 의해 먹게 된다는 겁니다.

원, 참. 그럴 때는 유식이 소화불량증을 가져오는구나. 아, 그렇게 생각하면 채소 따위도 다를 바 없겠다. 채소를 길러 뱃속에 집어넣어 소화시킨 배설물로 거름을 하니께 그것도 간접 식인종 취급을 해야겠다. 그리고 아닌 말로 지놈이 그런 사정을 알 게 뭐냐. 말 못하는 짐승이라지만 냄새로 그만한 정도는 알 거예요. 아무리 그래도 눈물 한 방울 흘리지 않고 배불리 묵을 것이다. 솔직허니 말해서 식인종 말이 나왔응께 하는 말이다만, 도처에 식인종만도 못한 자들이 불룩한 배를 안고 얼마나 많은 사람 위에 군림하고 있냐. 그건 또 무슨 발상이오? 몰라서 묻냐? 선량한 사람들의 고혈을 빨아묵는 자들로부터 부정부패를 일삼는 모리배에 이르기까지 살인보다 더한 식인종들 아니냐. 농식의 말에 남위원은 똥철학의 진리가 따로 없구나, 삼겹살을 우적이며 술잔을 들이켰다.

*

무슨 생각에 젖어 있는 거요? 이선생의 말에, 눈앞에 보였던 신기루 현상이 연기처럼 사라졌다. 저 구름조각이 돼지로 변하면서 내 앞에 누웠어요. 허허, 번연히 눈을 뜨고서 돼지꿈을 꾸다니요. 강시인은 남위원이 가리키는 구름조각을 바라보았다. 강시인이 보기에는 석양을 향해 날아가는 독수리 모습이었다. 그만 일어나 나루공원에 갑시다. 풀피리 시인이 기다리겠소. 이선생은 시간을 일깨웠다. 남위원과 이선생은 자전거를 수위의 벤치 모서리에다 붙들어 매고 나루공원으로 향하였다. 퇴적토가 쌓여 수영비행장이 들어서기 전에는 재송포가 바라보이는 이곳이 바다였는데, 벽해가 상전이 된다는 말을 실감하고도 남았다.

나루공원, 말은 들었어도 처음 가 봅니다. 우리도 자전거 산책이 아니었더라면 몰랐을 게요. 남위원은 강시인의 말에 문득 선주민을 떠올렸다. 이곳에 대대로 뿌리를 내리고 살아온 토박이는 과연 몇이나 될까? 모두가 알량한 뜨내기들로 숨 가쁜 삶을 누리고 있다. 민들레 홀씨마냥 바람에 불려 온 이방인들.

저것 좀 봐요. 먼저 와서 정답게 밀애를 즐기고 있구랴. 이 선생은 풀피리 시인과 김동화를 발견하고 불쑥 시샘 겨워하였다. 한참 분위기가 황혼빛인데 서산머리에 지는 해가 되었네. 술빛으로 익은 풀피리 시인도 지지 않았다. 오늘이 무슨 날인데 뉴스거리를 만들고 있어요. 신문 쪼가리에 대서특필로 나가면 어쩌려고. 나야 전혀 손해가 없지. 김동화는 어떤가? 저는 안 돼요. 큰일 나죠. 그럴 때는 은근히 앙큼스러운걸.

세 사람은 풀피리 시인을 중심으로 잔디밭에 빙 둘러앉았다. 바다와 맞물린 강을 내려다보고 있는 공원은 아담하였다. 조각상들이 말없이 반기는 가운데 무심한 차량들이 소음을 일으키며 다리를 건너고 있었다. 산책객들이 지나쳤고 백발을 휘날리는 노인 한 분이 자전거 페달을 느슨하게 밟으며 그 뒤를 따랐다. 그 아래 강변에 어린 꼬마와 사십 대로 보이는 듬직한 사내가 낚싯대를 드리우고 있었다. 그 모든 전경이 강파른 세상인심과는 동떨어진 모습들이었다. 수채화처럼 채색되는 그 전경들이 어쩌면 저녁노을이 빚어낸 조화로움일 터였다. 한낮 쨍글쨍글 내리쬐는 햇살 아래에서 그 모습들을 보았다면 또 다른 색상을 불러일으켰을 것이다. 색상은 그래서 조화를 부리고, 마음의 근원을 물들이는지 모른다. 어디선가 귀뚜라미 울음소리도 들릴 것 같았다.

풀피리 시인은 흥겨운 기분으로 노을빛이 물드는 강물을 내려다보았다. 마음을 즐길 수 있는 자리는 어디라 정해지거나, 시간이 하늘비로 내려 주는 것은 아니었다. 노을빛이 시들어가니 초승달이 부끄러이 매달리는구랴. 강물에 초승달이 빠져들었다. 초승달 본 지가 얼마 만인지 모르겠소. 그게 도시의 장막 아니겠어요. 갇힌 시대의 슬픔일 수도 있고. 밤하늘의 별빛이나 초승달마저도 볼 수 없는 공간. 그건 가장 사악한 인간만의 공간 아닐까.

남위원은 불현듯 어린 시절로 돌아갔다. 오랜만에 초승달을 보니 베 짜는 북이 생각났다. 목화밭, 붉은 황토밭에 하얗게 피어난 목화송이를 손끝 짓무르게 따다가 겨울 찬바람과 함께 씨앗을 바르고, 솜을 타서 물레를 돌리고 실을 잣고, 풀을 먹인 다음 베틀에 앉아 베를 짜는 어머니의 모습은 그렇게 처연할 수가 없었다. 북신을 움직일 때마다 한 올 한 올 짜이는 정성. 씨줄 날줄을 넘나드는 북은 서산머리에 내걸린 초승달이었다. 매초롬한 바람이 문풍지를 울리면 구름을 넘나들 듯하는 북신. 어머니의 손길은 구름과 바람을 일으키는 매찬 염원을 담고 있었다. 어머니가 베틀에 앉아 밤이 이슥하도록 짠 옷감으로 지어 준 것이 새 학기가 시작될 때마다 입었던 옷이었다. 따로 교복이 없었던 시절이었는지라 어머니가 손수

짜서 만들어 준 무명옷은 선망의 대상이었다.

그런데 말이오. 저 초승달을 보니 하이힐이 떠올라요. 거, 묘한 착상이구랴. 하이힐과 초승달이라? 김동화, 하이힐 신었어요? 풀피리 시인의 말에 강시인은 엉뚱한 발상이라는 듯 김동화를 돌아보았다. 어머, 보편적으로 신는 하이힐인데 왜 그러세요? 김동화는 반사적으로 무릎을 감싸안으며 민감한 반응을 보였다. 내 말은 하이힐을 여성에게 신게 한 남성지배구조라 할까, 그런 점을 말하고 싶은 게요. 하이힐은 도망갈 수 없다는 등식이 가련하게도 짙게 깔려 있어요. 하이힐을 신고 도망갈 수는 없지. 이선생은 풀피리 시인의 말에 공감대를 형성하였다. 뒤뚱뒤뚱, 굽 높은 하이힐을 신고 남성지배구조에서 벗어나기란 어려울 것이다.

중국에서 행한 전족이나, 서양의 굽 높은 신이나, 다분히 성적 유발의 원초적 무엇이기도 하고요. 김동화는 스스로 그 점을 생각해 보지 않았어요? 듣고 보니 조금은 공감이 가네요. 하지만 보통 여성들은 성적 개념에 대해서는 무지하거나 거기까지 생각이 미치지 않을 것이다. 조선시대로 내려오면서 기생들의 저고리 섶이 선정적으로 짧게 올라가는 것을 의식 없이 받아들인 사대부 아녀자들의 모습처럼. 남성의 시선을 비끄러매는 매혹적인 신체의 부분. 작고 귀염성 있는 발, 아미의 눈썹 아래 맑고 초롱한 눈망울, 선명한 콧날과 도톰한 입술. 그리고 고혹적으로 부풀어 오른 가슴과 상큼하게 치켜 올라간 탄력 있는 토실한 엉덩이. 그 가운데 엉덩이는 성적 자극을 가장 육감적으로 유발시키지 않는가. 하이힐은 그 엉덩이를 받쳐주는 촉매재이고.

하이힐을 신고 위태롭게 뒤뚱거리며 걷는 모습은 정말 사람의 시선을 붙들지요. 남위원은 문득 전족을 한 여성과 술안주로 하는 족발을 대비시켰다. 족발로 딛고 선 돼지궁둥이와 전족한 여성의 걸음걸이. 돼지궁둥이는 식욕을 북돋우는데, 전족한 여성의 엉덩이는 성적 매력을 발산한다. 그 차이점은 멀게만 느껴지는데도 아주 가깝게 비끄러맬 수밖에 없는 것은 어째서일까. 그렇다면 남성지배구조에서 여성을 일종의 소유물로, 더 나아가 상품화시킨, 조금은 가학적인 일면이 깃들어 있는 것 아니에요? 김동화는 살짝 얼굴을 붉히며 항의성 반문을 하였다. 거기에는 전적으로 동의할 수 없어요. 은연중 여성 쪽에서 바라는 점도 있어요. 남성을 사로잡는 비밀병기랄까, 그런 점에서 페인트로 도색하고 치장하는 집과 같다 할까요. 아파트를 보시오. 우리가 사는 아파트만 하더라도 도색하기 전에는 흉물스러운 모양새 아니오.

비유치고는 난해한데, 그보다는 동물의 세계를 예로 드는 게 어때요. 발정기가 되면 암내를 풍기잖아요. 생식능력에 대한 말초신경적인 도발 아니오. 인간은 그러한 도발적인 발정기를 잃었거나 도태된 대신 얼굴 화장을 하고 가슴을 돋보이게 하고, 엉덩이를 추켜올리지 않는가 말이오. 그 말이 아주 과학적이오. 립스틱 짙게 바른 입술, 부풀린 가슴, 상큼하게 치켜 올라간 엉덩이가 생산성과 직결된 부분 아니오. 먹고 배설하고 먹여 키우는 기능이 성적 생산성과 직결되어 있다. 침샘, 젖, 분비물, 그 세 가지 요소가 그렇지 않은가? 이선생은 과장된 목소리로 결론을 내리듯 말하였다.

그런 의미에서 김동화 한 잔 받으시오. 왜냐하면 타고난 자연 그대로의 순수한 아름다움을 지니고 있으니 말이오. 어머머, 정말 무슨 그런 실례의 말씀을……. 김동화는 귓불을 붉히며 술잔을 받았다. 그 찬사의 말은 달리 해석하면 유행에 뒤떨어진 천연한 사람이라는 뜻이 담겨 있을지도 몰랐다. 정말이오. 그 나이에 타고난 품위와 아름다움을 지니고 있어요. 강시인은 금방이라도 김동화를 위해 헌시라도 지을 듯한 얼굴이었다. 강시인의 진솔하고 솔직한 내면을 모르는 바 아니나, 사내들이란 한 송이 꽃일 때는 세상에서 제일 아름다운 꽃으로 착각하다가도 백 송이 꽃을 보면 또 다른 개념으로 설정할 것이다. 그렇다고 과히 싫지는 않았다. 집에 돌아가 거울 앞에서 발가벗은 육신을 한번 살펴볼까나? 매일 샤워를 하고 거울 앞에 앉아 얼굴을 토닥거려도 나이와 더불어 자신의 미태에 자신감을 붙들어 맬 수 없었다.

초승달은 비끄러맬 수 없는 몸짓으로 서산을 넘어가네요. 그 아쉬움을 풀피리 속에 묻고 싶어요. 옳거니, 드디어 유혹의 진일보단계에 들어선 건가? 기꺼이 화답하리다. 풀피리 시인은 두툼한 지갑 안쪽에서 조심스럽게 인조나뭇잎을 꺼냈다. 이제는 아주 지참물로 지니고 다니었다. 연초록 생잎은 금방 망가지는 까닭에 즉흥적인 연주를 위해서는 항상 준비가 필요하였다. 풀피리 시인은 눈을 지그시 감고 입술을 축인 다음 섬마을 아이를 담아냈다. 강변의 물결이 찰랑찰랑 장단을 치고, 지나가던 사람들이 멈추고 박수를 보냈다. 삼십 년 가까운 내공의 힘이 없으면 불가능한 음색이요, 음률이었다.

가을에 피는 꽃은
낙엽 뒹구는 땅에 뿌리를 내렸는데
움직이는 꽃은
어디서 왔는가.
가을 찬바람에 시린 꽃은
싸락눈 속에 지는데
아미의 초승달은
천년 숨결로 향기를 모두어 주려는가.

남위원은 풀피리 소리를 들으며 노을진 서녘하늘에서 들려오는 애스러운 음성을 들었다. 갑시다. 풀피리 소리를 들으니 미꾸라지가 노니는 논두렁이 생각나요. 강시인은 갑자기 바짓가랑이를 걷어붙일 것처럼 자리에서 일어났다. 추적추적 어디로 가는가 하였더니 장수추어탕집에 들어섰다. 시적 분위기와는 다른 싱거운 행보였다. 아니다. 가을의 정서를 제대로 음미하려는 시인의 배려인지도 몰랐다.

*

술은 근심을 잊게 하는 신의 선물이라고 하였던가? 시경이나 도연명의 시심에서 그 절실함이 묻어나는데, 도시의 각박한 생활 속에서는 딱이나 들어맞는 것이었다. 어제 타고 나간 자전거 어디다 내버렸어요? 아내의 말에 남위원은 하루의 근심을 잊은 술잔을 떠올렸다. 장수추어탕집에서 강변 건너 이 선생의 단골 술집만 가지 않았더라도 온전히 자전거를 끌고 왔을 것인데 자전거에 대한 근심거리를 까맣게 잊어버렸다. 강변 벤치에 매달아 놨는데 어디 갈려고. 남위원은 묵지근한 머리를 찬물로 헹구었다. 아직은 숙취를 다스리는 데는 찬물이 그만이었다.

당신, 오늘 산행하기로 했다면서요? 샤워를 하고 나오자 아내는 불퉁한 목소리로 살풋이 눈을 흘겼다. 그랬던가? 남위원은 기억이 나지 않았다. 발신인은 안교장이었다. 아니, 뭐 하고 있어요? 혀 꼬부라진 소리로 찰떡 같이 약속을 해 놓고서. 퍼뜩 나오시오. 이런 해괴한 일이 있나. 취중약속을 올곧이 듣고 실행에 옮기다니. 남위원은 등산복 차림을 하고 아파트 정문으로 나갔다. 안교장은 중무장하듯 배낭을 메고 기다리고 있었다.

난, 도무지 기억이 없는데 어찌 된 거요? 이런 변이 있나. 마침 이선생이 저기 오는군요. 안교장은 아파트 북쪽 후문을 눈으로 가리켰다. 이선생은 헐렁한 등산복 차림으로 터덜터덜 걸어오고 있었다. 두 사람을 발견하고 손을 번쩍 들었다. 남위원은 용케 기억하고 있었네. 나는 까무룩히 잊고 있었는데 강시인이 일으켜 세우지 뭐요. 취중에도 단단히 약속을 했던가 보네. 강시인은 부모님을 잠깐 뵙고 금강공원 정문에서 만나기로 하였어요. 다른 사람은? 풀피리 시인은 무지근한 머리를 안고 무슨 동인모임에 간다나요. 나중에 통화하기로 하였어요. 김동화는 집 나오기가 어려울 게고…….

세 사람은 금강공원으로 향하였다. 자전거는 산을 오르고 나서 찾아와야 할 판이었다. 금강공원 입구는 일요일이어서 등산객들로 가득하였다. 세 사람은 평상을 차지하고 앉아 강시인을 기다렸다. 우리 산에 오를 게 아니라 금어사 주지스님을 찾을까? 산을 한 바퀴 돌아보고 내려올 때 보지요. 한바탕 산행을 해야 머리가 제대로 돌아오겠어요. 다들 큰일이야. 눈만 뜨면 숨 가쁘게 출근하고, 해가 지면 몸서리치게 술을 들이부으니. 누가 술을 만들어 냈는지, 원. 그 덕분에 근심 걱정을 소화하지 않소. 술이 없었더라면 세상이 근심 걱정과 불만으로 포장하였을 게요. 강시인이 저기 건너오는군. 강시인은 간편한 복장이었다. 사치를 모르는 수더분한 모습은 언제 보아도 고향의 향수를 지니고 있었다.

올라갑시다. 공중을 날아올라 갈까요? 술 깨자고 산에 오르는데 무슨 소리요? 그 부실한 다리로 오르겠어요? 쉬엄쉬엄 오르지요. 산을 올랐다 하면 숨 가쁘게 정상을 오르는데 그건 올바른 산행이 아니오. 한껏 정취를 새기며 올라야지. 변명치고는 비단이오. 네 사람은 케이블카를 버리고 등산로로 접어들었다. 공원 끝자락까지 등산객들을 유인하는 포장집들이 시선을 붙들었다. 더러는 산을 오르기도 전에 퍼질러 앉아 시간을 땜질하고 있었다. 농탁한 육두문자와 한잔 술. 다분히 그걸 즐기기 위해 산을 오르는 사람도 있을 것이다. 포장집 아지매 한 사람이 안교장을 알은체하였다. 안교장은 아지매의 반김을 모른 체하지 않았다. 정중히 인사를 하였다.

우리가 모르는 세계가 있구랴. 발이 보통 넓은 게 아니야. 그게 아니고, 옛날 학부형이에요. 첫날 학교에 찾아와서 자신의 직업을 떳떳하게 말하더군요. 쉽지만은 않은데 말이오. 그게 인연이 되어 가끔 스케치를 오게 되면 한잔 술로 목을 축였어요. 남편이 한때는 잘나가다가 반체제인사로 분류되면서 고통과 시련이 닥쳤다나요. 남위원께서 자주 찾아가 위로해 주어야겠어요. 아직도 이렇게 건재해서 말이오? 남위원은 강시인의 말에 쓰겁게 웃었다. 공원을 지나 본격적으로 산을 올랐다. 몇 걸음 못 올라가 숨이 찼다. 머리 위로 지나치는 케이블카에서 아래를 내려다보며 손을 흔들었다. 격려의 손짓일까,

아니면 또 다른 무엇이 깃들어 있는 걸까.

산은 움직이지 않는다는 말을 실감하겠소. 이선생은 가쁜 숨을 몰아쉬며 새삼 산의 실체를 실감하였다. 아니오. 산은 숨을 쉬고 움직이오. 바다 위에 떠 있는 섬이 거센 파도에 움직이듯이. 바다 위에서 섬이 움직인다는 것은 알겠는데 산은 섬과는 다르잖아요. 우리가 지금 산을 짊어지고 가는 거요, 아니면 밟고 가는 거요? 허헛, 선문답이구랴. 여기서 잠깐 쉬었다 갑시다.

안교장은 허리 굽은 소나무 아래 널찍한 바위에 엉덩이를 내려놓았다. 시야가 확 트였다. 전철이 지상을 가로지르고 멀리 바다가 펼쳐졌다. 산이 움직이지 않는다면 바다 또한 정체된 물체에 지나지 않을 것이다. 산이 움직이기에 바다는 출렁출렁 물결치며 산을 애무하고 입맞춤하며 거듭난다. 이럴 때 윤회라는 말이 감칠맛 나게 떠오르는 것은 어째서일까. 한 방울의 물이 모여 바다를 이루는 그 과정. 한 방울의 빗물이 강물이 되고, 그 강물이 짭질한 바다를 이루고, 바닷물이 다시금 거슬러 올라가 한 방울의 물이 되고 강물이 된다.

오랜만에 장끼 소리를 듣는구만. 이선생의 귀가 먼저 열릴세라 장끼랄 놈이 지척에서 날아올랐다. 사람들이 이리 번잡을 떠는데 장끼인들 사랑을 나눌 수 있겠어요. 산은 저 뭇새들과 짐승들의 터전 아닌가. 같은 무리의 동질성에서 진화한 인간들이 벌거숭이 나신을 감추고 무단 침입한 것이다.

헌데, 말이오. 장끼의 깃털이나 공작새의 현란한 날개가 우리 두뇌와 같다고 하지 않던가요? 인간의 두뇌와 공작새의 날개라? 우리의 두뇌가 엄청 진화 발전하지 않았소. 그게 성적인 작용과 무관하지 않다는 것이오. 꽤나 흥미 있는 학설 아닌가? 공작새라든가, 장끼, 나아가 사자의 갈기에 이르기까지 사랑을 지배하려는 과시현상. 공작새의 날개가 더 크고 화려하면 그만큼 주의를 끌 것이고 사랑의 대상을 차지할 가능성이 높다는 것이다.

하긴, 일리 있는 말이오. 인간도 미개한 원시인으로부터 오늘의 문명인에 이르기까지 몸에 두른 장신구가 성적 매력을 한껏 유발시키니까요. 그 말을 들으니까 어제 나루공원에서 이야기했던 여자의 하이힐이 생각납니다. 여자의 하이힐과 대비되는 남성의 상징물은 무어라 생각하시오? 강시인은 바위틈에서 싱그러운 난초를 발견한 듯한 표정을 지었다. 갑자기 해답이 꽉 막히네. 넥타이 아닙니까. 아직까지 남성상징물로 아침마다 질끈 목에 감아 매지 않는가. 조금만 더 세게 조이면 질식사하기 딱 알맞고. 넥타이가 남성상징물로 인식되는 데는 다른 뜻이 있지 싶은데. 남성의 성기를 상징한다는 겁니다. 듣고 보니 굉장히 외설적인 도구네. 매일 아침 출근할 때마다 거울 앞에서 단정히 넥타이를 매면서도 내 상징물인 줄은 미처 몰랐어요.

사람에 따라 짧게 매느냐, 길게 매느냐에 따라 은연중 그 사람의 성기의 척도를 나타낸다? 가만있자, 나는 어느 정도의 길이로 넥타이를 매지. 남위원은 익살맞은 얼굴로 가슴께를 내려다보며 넥타이 길이를 가늠하였다. 허리띠를 넘나드는가? 모든 생명 있는 것들은 성적 유발에 의해 특색을 지닌다. 화려하게 피는 꽃에서부터 하늘을 나는 새들, 바다에서 유영하는 물고기들, 뭇짐승과 인간에 이르기까지. 아름다움의 척도, 그 진화의 단계는 결국 얼마나 선정적이냐, 성적 리듬과 볼륨을 지니고 있느냐, 그건가? 남위원은 성형외과가 어째서 시대와 더불어 가장 호황을 누리느냐는 생각에 이르렀다. 부푼 가슴, 선명한 콧날, 날씬한 각선미, 상큼한 엉덩이. 그게 아름다움을 내보이지 않는가.

일행은 깔딱 참마루께에서 한숨 돌리고 나서 이내 산 정상에 치올랐다. 여기저기 불협화음으로 등산객들을 유인하는 음악소리가 난무하였고, 산행을 나온 사람들로 시장바닥을 연상시켰다. 우리도 질펀하고 달콤한 집을 찾아듭시다. 강시인의 제안에 안교장이 앞장을 섰다. 남문 주위 간이음식점들은 손님들로 북적거렸다. 노령화 시대, 경제 한파에 의한 실직사태, 오늘의 세태를 실감 있게 보여 주는 산상이었다. 안교장은 그 가운데 한 집을 들어섰다. 주인 아낙네는 안교장을 반갑게 맞았다. 일행은 한갓진 곳에 엉거주춤 앉았다. 자리가 영 설맞았다.

저 주인장 어디서 본 듯싶은데요. 안락한 동네 육교 건너에서 잠깐 오리불고기집을 하였잖아요. 오라, 어쩐지 낯이 익더라. 가만있자, 저기 풀피리 시인 아닌가? 이선생은 저쪽 그늘진 곳에서 떠들먹하게 술잔을 나누고 있는 한 무리를 가리켰다. 엉뚱한 곳으로 샜구만. 강시인이 그쪽을 향하여 손을 들어 보였다. 풀피리 시인은 일행을 알아보고 비치적 다가왔다. 여기서 만나니 더욱 반갑소. 세상은 어디를 가나 넓고도 좁소. 갑시다. 함께 합석하는 것도 좋지 싶소. 알 만한 이쁜 여류들도 있고요.

*

네 사람은 못 이기는 체 일어났다. 그들은 이미 취흥이 제법 이마에 서리어 있었다. 모두가 그만그만 아는 얼굴들이었다. 남위원이 칼럼을 썼던 신문사 최기자도 동석하였다. 최기자는 정감이 있었다. 그 위에 기사가 예리하면서도 미려하여 누구에게나 공감을 불러일으켰다. 여기 김여류는 이번에 안락한 동네로 이사를 할 겁니다. 좋은 이웃이 될 거요. 오늘부로 눈도장을 찍을게요. 밉보이면 안 되잖아요. 김여류는 갸름하게 눈웃음을 지었다. 주인 아낙네가 주문을 받으러 왔다. 삼겹살로. 염소불고기가 바닥이 났다고 하자 강시인은 호기롭게 주문하였다.

우리가 언제부터 삼겹살을 즐겨 먹었는지 아시오? 그야, 역사가 꽤나 오래되었을 걸요. 선사 이래로 돼지는 없어서는 안 될 제수용이자 영양 공급원이었으니까. 돼지고기야 오래전부터 즐겨 먹었지요. 그런데 기름기가 많은 삼겹살을 즐겨먹은 지는 그리 오래되지 않았어요. 삼겹살이 본격적으로 사람의 입맛을 자극하기 전에는 돼지수육을 선호하였다. 기름기를 뺀 돼지수육. 잔치집이나 제수용도 돼지수육이 아니던가? 삼겹살은 강원도 탄광에서부터 그 역사가 시작되었다고나 할까. 궁핍하였던 지난한 시절, 취사와 난방은 오로지 연탄으로 하였다. 십구공탄은 어느 집 할 것 없이 사용할 수밖에 없었고, 가난한 서민일수록 연탄 한 장으로 희비가 엇갈리기도 하였다. 변두리 고지대에 사는 사람들은 연탄 한 장을 구하기 위해 눈물겨운 발품을 마다하지 않았다.

탄광촌은 연탄 수요가 늘어나는 만큼 땅속 깊이로 자맥질하듯 탄맥을 파 들어갔다. 광부들은 위험수위를 넘나들고, 하루에도 크고 작은 사고가 일어나 목숨을 잃거나 불구자가 되었다. 그리고 무엇보다 지하 수십 미터의 갱 속에서 고된 작업을 하고 나오면 탄가루가 목에 달라붙어 대부분 폐가 망가졌다. 진폐증 환자가 되기 십상이었다. 광부들은 묵은 때를 벗겨내듯 얼굴과 몸에 달라붙은 탄가루를 씻어 낼 때마다 컬컬한 목을 시원스럽게 뚫을 수는 없을까 고심하였다.

눈보라 치던 어느 날, 추위를 이겨 내기 위해 드럼통을 잘라낸 화덕에 모닥불을 피우며 어린 시절로 돌아갔다. 화덕 위에

솥뚜껑을 올려놓고, 군밤이며 고구마를 구워 먹던 아련한 추억에 젖은 것이다. 언제 고향에 가려나. 다시는 못 올 어린 날의 추억을 눈시울에 매달고 있을 때, 누군가 돼지고기를 들고 왔다. 솥뚜껑 대신 철판을 올려놓고 기름진 삼겹살을 구워 먹으면 막혔던 목구멍이 확 뚫릴 거야. 광부들은 그 말에 신명을 내며 기름기로 지글거리는 삼겹살을 안주로 소주잔을 들이켰다. 카아, 이 맛을 왜 몰랐나. 목구멍에 눌러 붙은 탄가루가 시원스럽게 씻기는구먼. 광부들은 그날 이후로 하루 일과가 끝나면 하나의 의례처럼 삼겹살로 텁텁한 목구멍을 정화시켰다.

그러니까 삼겹살이 굴뚝청소부처럼 광부들의 목구멍을 확 뚫어 주었다? 봄철이면 연례행사처럼 불어오는 황사바람으로 입안이 텁텁하면 삼겹살을 찾지 않는가요. 아무튼, 삼겹살의 역사가 그렇게 짧은 줄 몰랐어요. 풀피리 시인이 최기자의 말에 맞장구를 쳤다. 그래요, 그래. 탄광광부들이 일구어 놓은 삼겹살이야말로 가난한 서민들의 묵은 때를 포만스럽게 씻겨주지요. 주인 아낙네가 삼겹살을 들여왔다. 일행은 새로운 기분으로 술잔을 들었다.

자, 건배합시다. 우리도 이놈의 삼겹살로 가슴에 맺힌 자질구레한 때를 한꺼번에 씻어 냅시다. 술잔을 주고받는 자리는 아무리 낯설어도 금방 친숙해졌다. 모두가 도시의 번잡한 길거리에서 부딪치게 되면 낯선 얼굴들이다. 낯설다는 것은 경계심을 자아내고, 위선과 가식을 떠들리게 하며 이기심을 부추긴다. 무심한 경계와는 다른 경지라 할까. 더구나 산행이라든가, 한적한 여행길에서 한잔 술을 나눌 수 있다는 것은 한 송이 꽃을 보고 감탄하거나 산새소리에 친근감을 느끼듯, 거리감을 무너뜨리고 경계심을 누그러뜨리지 않는가. 그러고 보면 각박하다는 것은 경계심을 설정하는 데서 비롯되고, 서로 서로의 경계심은 자연 무관심 내지 설익은 마음자리를 베어물게 하였다.

아무래도 남위원께서 김여류를 곱상하게 보는데요. 그러면 영광이게요. 얼굴 한 번 붉히지 않고 냉큼 받아넘기는 걸 보니 무슨 사달이 나겠어요. 이선생의 농담은 분위기를 농담 어리게 한단 말이야. 농담은 수묵담채화라, 우리가 백지 위에 무얼 그리고 채색하는가에 따라 그림의 질량이 달라지는 게 아니오. 이 자리는 삼겹살처럼 기름지고 푸짐한 가운데 하나가 되지요. 어찌 생각하면 이것도 전생의 인연의 무엇인지도 모르지요. 전생까지 들먹일 건 뭐요. 현세 인연과의 무엇이라고 해야지요. 죽자고 마실 게 아니라 기분 전환 겸 산행을 합시다.

강시인은 여류들을 배려하였다. 술잔을 제대로 추스릴 줄 모르는 그녀들은 술잔이 오고갈 때마다 농도 짙은 객쩍은 대화를 부담스러워할 것이다. 그리고 오늘 산행 온 목적이 무엇인가. 숙취에 절어 흐릿한 정신을 해맑게 하자는 게 아닌가. 그런데 또 술판이라니. 일행은 각기 배낭을 짊어지고 남문을 벗어났다. 발길은 자연 케이블카 쪽으로 향하였다. 남위원은 뒤처진 김여류와 어깨를 나란히 하였다.

모처럼 산에 올랐더니 육신이 곤혹스럽네요. 워낙 산을 탈 줄 몰라서요. 동인지에 실린 시심(詩心) 속에는 산의 정수가 무르녹아 있던걸요. 그저 산을 바라보는 것만으로도 좋아요. 산은 마음이고 마음이 곧 산인데 산을 바라보면 왠지 모르게 압도당해요. 큰 산이든 작은 산이든. 산을 아름답게 보아서 그럴 게요. 숲에서 산을 보지 말고 멀리서 산을 바라보라는 이치를 터득한 게 아닌가? 하긴, 먼 곳에서 산을 바라본들 제대로 알겠으며, 가까이 다가가 산의 정체를 헤아린들 그 실체를 알기나 하겠는가. 산은 움직이지 않는데 마음이 움직이니, 보는 사람마다 산의 실체가 다름에랴. 남위원은 김여류의 손을 꼬옥 잡아 주고 싶었다. 산을 바라보는 마음이 아름답기에 시심이 결 곱게 묻어나리라.

뭣들 하세요. 두 사람 너무 빨리 좁혀지는 거 아니에요? 풀피리 시인이 뒤통수가 간지럽다는 듯 뒤돌아보며 한 소리 하였다. 어느 사이에 이선생과 안교장, 강시인은 여류들과 보폭을 함께하고 있었다. 참 좋은 분이세요. 이번에 제가 안락한 동네로 이사하게 된 것도 풀피리 시인의 적극적인 추천 때문이었어요. 듣자니 앞서가는 세 분과 더불어 안락한 동네가 예술의 향기로 물씬하다면서요? 이사를 하게 되면 금방 알 겁니다. 남위원은 미륵불을 모신 암자에 먼저 도착한 일행과 함께 석간수로 목을 축였다. 바다가 드넓게 펼쳐져 한껏 시야를 충만하게 하였다.

남위원께서 태어난 곳이 바다라면서요? 육여사가 헤살한 얼굴로 남위원을 돌아보았다. 산행으로 익은 소박한 얼굴이었다. 아마도 강시인과 걷는 동안 남위원에 대해 이야기를 주고받았는가 보았다. 파도가 일어서는 곳이지요. 알에서 태어난 게 아니고요? 최기자는 그 사이 일행을 카메라 속에 담다 말고 대뜸 한 방망이 을러멨다. 난해한 비유네요. 육여사는 무슨 말인가, 얼른 이해를 하지 못하였다. 결코 난해하지 않아요. 달걀만 보더라도 노른자가 흰자에 둘러싸여 있잖아요. 흰자는 파도가 일어서는 바다요, 노른자는 섬 아니오. 생명을 잉태하고 노래하는 섬.

부라보! 이 지구 자체가 생명을 품고 있는 거대한 알이지요. 안교장은 즉석에서 박수를 보냈다. 이건 새로운 학설인가? 최기자의 직관력과 상상력은 엉뚱한 정당성을 이끌어 냈다. 난생설의 기원을 다시금 정리할 필요가 있다. 알에서 태어난 시조신앙이 한낱 설화일 수만은 없지 않겠는가. 고주몽이나 박혁거세, 나아가 김수로왕에 이르기까지 태양족으로 분류하지 않던가. 알이 부화되자면 무엇보다 빛이 필요하다. 태양열을 받은 지구라는 알에서 태어난 제왕. 세계의 지배를 말하지 않는가. 따라서 우리가 사는 지구는 태양열을 품 받은 거대한 알이고 그 속에서 무수한 생명들이 태어난다. 더불어 바다 가운데 떠 있는 섬은 지구의 축소판이라 해도 문제 될 게 없을 것이다.

그건 좀 무리한 조합 같은데요. 무리하지가 않아요. 바다를 우주공간으로 생각하면 쉽게 다가올 게요. 그 말을 들으니까 제가 갑자기 알에서 깨어난 제왕이 된 기분입니다. 신기루 현상은 그걸 두고 하는 말이오. 남위원의 말에 이선생은 파안대소하였다. 착시현상이라? 대체로 사람들은 그 같은 착시현상에 현혹되어 혹세무민, 무모한 도전을 일삼기 마련이었다. 권력을 쥔 자는 지배자로서의 욕망을 불러일으키고, 사업가는 과감한 투자로 나락에 떨어지기 십상이고, 지식인은 지적 허영심에 사로잡혀 자신을 망각하고, 그 밖의 여러 군상들은 한 번씩은 착시현상에 부딪쳐 거기에 매료되거나 자신을 탕진하기 마련이었다. 폭군에서부터 사기행각을 일삼는 모사꾼에 이르기까지.

여기 바위암벽에 바다를 내려다보는 미륵입상을 새겼는데, 용화세계를 바라는 진인의 출현도 남쪽바다에서 나온다고 하였소. 알로 상징되는 섬에서 진인이 태어난다는 것 아니겠어요? 허어, 이제는 미륵화현까지 등장합니다. 지구상의 땅덩어리가 바다에 둘러싸여 있으니까 가능한 논리일 수도 있겠지요. 그게 상상력의 가없는 한계설정일 수도 있겠고요. 오늘 산행에서 알의 존재를 새삼 음미하였어요. 육여사의 말을 뒤로 하고 일행은 케이블카를 탔다. 하늘을 치받들고 있는 수림이 발아래 스치고, 산을 오르고 내리는 사람들이 자그맣게 보였다. 공중을 나는 새의 기분이었다. 그와 더불어 한 가닥 공포심을 자아냈는데 외줄타기가 이런 기분일까. 문명의 이기가 발달할수록 스릴을 동반한 위험부담을 안고 살아간다. 빛살처럼 빠르고 강렬한 위험수위…….

향수의 마음자리

남위원은 김여류의 전화를 받고 그날 산행에서 있었던 일을 떠올렸다. 집들이에 초대한다는 것이었다. 남위원은 잊고 있었다. 김여류의 집들이는 지난번 산행을 같이 하였던 사람들과 집들이 도우미로 온 김여류의 친구 두엇이었다. 조촐한 자리였다.

우리가 또 만났습니다. 그날 산행 뒤풀이는 절정이었어요. 풀피리 시인은 아직도 그날의 산행을 가슴에 진국처럼 담고 있었다. 오늘은 집들이 겸 시 낭송회를 가졌으면 합니다. 좀 색다른 여흥이 좋잖아요. 좋지요, 좋아. 모두들 시심을 지니고 있지 않은가요? 나와 남위원과 최기자는 열외자이지만. 무슨 소리시오. 안교장은 화폭에다 시심을 수놓듯 하고, 남위원과 최기자는 이쪽저쪽을 두루 넘나들지 않소. 그럼, 모두들 시전

놀이를 하기로 합시다. 도우미로 나선 김여류의 친구가 음식을 내오며 분위기를 돋우었다.

홍어가 여기까지 올라왔어요. 남위원은 홍어를 보자 반가운 마음이 들었다. 상가나 잔치집 상에 어김없이 올라오는 남도의 홍어. 톡 쏘는 그 맛은 한껏 향수를 불러일으켰다. 보아하니 남위원을 생각한 게 아닌가? 홍어 맛을 제대로 아는 사람은 남위원밖에 없지 싶은데. 저도 시댁이 그쪽이라 홍어를 좋아해요. 묵은 김치와 돼지 삼겹살로 이루어지는 홍어삼합. 처음에는 코를 싸쥐었는데 지금은 남편보다 제가 더 좋아해요. 육여사가 남위원을 거들었다. 지방마다 특색을 지닌 음식문화가 동서남북을 배척하고 거부한 것은 소통부재 때문이리라. 바람처럼 넘나들며 인정이 오고 갔으면 거부반응이 일어나지 않았을 것이다.

풀피리 시인이 간략하게 건배사를 읊조렸다. 다분히 시적이었다. 한 차례 술잔이 돌아가고 이어서 시낭송회가 시작되었다. 가나다순에 의해 강시인이 먼저 낭송을 하였다.

누님이 동산 같은 물동이를 이고
그림자 진 비탈길을 가고 있다.
파래 일렁임 같은 숨 들이마시며
꼬불꼬불 가고 있다.
세상을 까맣게 태우면서 다가오는 놀

미처 피하지 못하고

누님은 어둠에 묻혀 버렸다.

목이 메는 시가 아닌가. 해변가 석양노을이 지는 마을 전경이 눈앞에 쏘옥 들어왔다. 누님의 동산만 한 물동이. 물큰 어린 시절, 댕기머리 누님을 생각게 하였다. 누님에 대한 그리움이랄까, 추억은 다들 남다를 것이다. 남위원은 눈보라가 휘날리는 아침, 마을공동우물에서 정화수를 떠 오듯 조심스럽게 물동이를 이고 오던 누님의 모습이 눈앞에 다가왔다. 빙판길로 변한 눈밭에 넘어지기라도 하면 어쩌나 싶어 마음 졸이며 담장 너머로 바라보았다. 누님은 행여나 미끄러질세라 조심조심 발을 내딛으며 물동이를 이고 왔다. 그 사이 출렁이며 넘쳐난 물방울은 고드름이 되어 누님의 앞머리에 수정구슬처럼 매달려 있었다. 야야, 윗집 동식이네 며느리는 물동이째 널부러져 엉덩뼈가 무너졌단다. 조심, 또 조심해야 쓴다. 옆집 수굿네 할멈이 위태롭게 물동이를 이고 오는 누님에게 주의를 주었다. 그와는 달리 개구쟁이 아이들은 눈밭에 미끄러지고 넘어지는 그 모습을 구경하기 위해 누런 콧물을 고드름처럼 코끝에 매달고서 히죽히죽 손뼉을 쳤다.

정월대보름날이면 댕기머리를 나풀거리며 지신밟기를 하듯 강강수월래를 하였다. 강강수월래는 한가윗날 중천에 뜬 보름달을 즈려밟는 모습이 제일로 아름다웠는데 마치 달에서 내려

온 항아의 환생처럼 보였다. 그와는 달리 정월대보름날, 하얗게 내려앉은 눈밭에서 흰 저고리 검정 치마를 두르고 원을 그리며 돌아가는 모습은 서편 하늘 위에서 군무하는 학의 무리처럼 보였다.

누님이 시집가던 날은 잔잔한 파도 위에 눈보라가 하늘거리며 내렸다. 한 줌 눈물을 매달고서 가마에 오르던 누님의 자태는 누가 보아도 어여쁜 새색시였다. 잘 살아야 한다. 두 손을 잡고 꼭꼭 일러 주던 어머니의 눈에도 눈물이 고였다. 서러운 살림살이 속에서 곱게 키워 시집보내는 그 마음이 눈시울을 젖게 하였던 것이다. 꽃가마와 함께 누님은 돛단배에 실려 뭍으로 건너갔다. 바다를 건너가면 자주 오기 어려우리라. 아득한 눈길로 바다를 바라보며 바다 건너 친정집을 그릴 누님의 모습이 눈앞에 다가와 마음이 아릿하였다. 파도에 깝죽거리며 눈보라 속으로 멀어져 가던 꽃가마…….

남위원 차례인가 싶소. 곁에 앉은 이선생이 남위원의 의식을 일깨웠다. 그러고 보니 김여류의 시 낭송이 누님을 실은 돛단배에 실려 가뭇하게 흘러갔다.

젊어서 고향 떠나 늙어 돌아오니
고향 사투리는 여전한데 살쩍은 세었구나.
아이들은 쳐다봐도 모르는 사람
손님은 어디서 오시는가요?

거참, 은근히 뜻이 깊으오. 누구의 시요? 하지장(賀知章)이라고, 당나라 시인인데 시와 술을 몹시 사랑하고 즐겼어요. 이태백은 적선(謫仙), 즉 귀향 온 신선이라고 하였지요. 그 시가 우리들의 마음을 대신하는 듯해요. 어쩌다 고향에 내려가면 마음과는 달리 낯설게 다가왔다. 귀거래사를 읊조리며 귀향을 하고 싶어도 선뜻 용기가 나지 않는 것도 그래서일까. 모두가 잃은 자 아닌가. 내가 듣기로는 남위원의 마음을 노래한 것 같소. 고향친구 장인이 돌아가셨을 때, 그곳 집터에 관심이 많았다면서요? 아직은 구름에 달 가듯 하는 나그네 마음 아니겠어요. 강시인이 얼른 남위원의 마음을 두둔하고 나섰다. 시 낭송은 차례로 이어지고, 술은 마음 밑바닥을 적시어 분위기는 흔연하고 충만하였다.

집들이를 꽤나 다녀 보았지만 시 낭송으로 지신밟기를 한 것은 처음이오. 얼마나 좋아요. 상다리를 두드리며 니나노 가락으로 목청을 울려 봤자 시멘트공간으로 단절된 이웃들의 진정이나 들어올 테고. 우리 문화가 전체적으로 삭막해요. 세태가 영 메말랐어요. 시절이 갈수록 시인들은 많은데 서로 공유할 수 있는 공간매체가 단절되어 있어요. 풀피리 시인은 한 음절 높여 현실을 질타하였다. 어디를 둘러보아도 쓰레기만 널려 있어 악취가 풍겨 났다. 무엇보다 의식 있는 사람들이 풍류를 몰랐다. 기껏 풍류를 즐긴다는 게 폭탄주 아니면 성 접대, 그것도 아니면 도박이나 비밀스러운 밀담이 오가는 요정 문화 아닌가. 조선시대에 이르기까지 부패한 관리로 낙인찍힌 사람들은 몰라도 시회(詩會)쯤은 즐겼다. 그게 선비의 덕목이었고, 태평성대가 아니었어도 예술혼이 자리하였다. 궁핍을 이겨 낼 수 있었던 질량이기도 하였다.

시절을 거듭나는 동안 이런 알싸하고 정갈한 즐거움을 맛보아야 해요. 가는 곳마다 무대의 양상을 조금씩 달리한다는 것은 삶의 활력소 아니겠어요. 정체와 변화는 순환과정의 무엇이지요. 누가 말했지요? 흐르는 물에서는 두 번 다시 같은 물로 얼굴을 씻을 수 없다고? 이제 일어들 나셔야죠. 누군가 시간을 일깨웠다. 김여류의 집을 나선 일행은 대로변에서 각기 헤어졌다.

*

안락한 동네 사람들은 그냥 헤어지기 무엇하여 철길을 건너 이선생이 발견한 연포탕집을 들어섰다. 남위원은 김을 내뿜는 연포탕을 바라보며 불현듯 연례행사처럼 돌아오는 기제사 때마다 연포탕을 끓이던 큰어머니를 떠올렸다. 연포탕은 기제사 때마다 빠질 수 없는 탕국으로, 정성이 남달랐다. 더군다나 할아버지와 큰아버지 기제사 때는 그 정성이 더욱 극진하였다. 할아버지와 큰아버지는 풍류적인 기질이 다분하여 술을 좋아하였다는 것이었다. 연포탕을 들고 나면 속이 시원하게 풀어진다고 하들 않았것냐. 큰어머니는 이마에 송글 땀이 맺힌 얼굴로 무념스레 말하였다. 연포탕에는 뭐니뭐니해도 산낙지가 제일이다. 싱싱한 해산물과 육류가 적당히 어울린 가운데 두부와 무가 조화를 이루느니라. 큰어머니는 일꾼들 몫까지 챙긴답시고 큰솥에 맛깔스럽고 정갈스레 끓였다.

어이구, 시원타! 술집에서 술안주로 연포탕을 들기는 처음이오. 안교장은 뜨거운 국물을 훌훌 불어 마셨다. 명절 때나 제사 때 맛보는 줄만 알았는데 기이한 맛이 들었다. 주인장, 어찌 이런 안주를 생각해 냈어요? 특별히 요리솜씨가 없어 저의 친정어머님께서 친정아버님이 술을 마신 뒷날이면 곧잘 연포탕 끓여 드리던 것을 생각해 냈어요. 젊은 사람들은 별로 달가워하지 않아요. 그래서 돼지두루치기를 배웠어요. 우리 시대와는 맛의 취향이라든가, 기호가 다르니까요.

명절이나 제사음식부터 달라졌다. 장만하기 귀찮다고, 맞벌이 부부의 시간제약으로 어쩔 수 없다고, 편리하고 간편함만을 좇다 보니 냉장된 제물을 배달받아 의례적이고 형식적으로 지낸다. 굳이 탓할 수 없는데도 어찌 그리 삭막하게 다가올까? 가을바람에 파삭이는 갈잎을 생각게 하여 산 자와 죽은 자의 거리감을 더욱 멀게만 느끼게 하였다. 아무튼, 어머니의 손맛이 그리울 때면 연포탕을 찾아야겠어요. 그만 일어들 납시다. 오늘의 집들이는 기억할 만해요. 시(詩)에 있어서의 모순성과 사물을 인식하게 하는 난해성을 다시금 곱씹게 하였어요.

모순성은 뭐고 난해성은 어디서 온 거요? 모순성은 감성이 자연과의 합일을 짝하지 못하였다는 것이오. 난해성은 사물을 바라보는 시각이 도태되었거나 인지하지 못하여 사팔뜨기가 되었다는 거요. 무지하게 신랄한데, 남위원의 말은 귀담아들어야 할 부분이오. 강시인은 공감한다는 얼굴로 자리에서 일어났다. 화물열차가 영시를 가로질렀다.

*

남위원은 한사장의 장인이 생전에 버려 두었던 양돈장을 철거하라는 연락을 받았다. 함께 가지 않겠느냐고 한사장의 의중을 물었다. 경매로 나와 유찰된 것을 그래도 장인어른이 애지중지한 땅이라 남의 손으로 넘길 수 없다는 한사장의 마음이 작용하여 이선생과 안교장이 등 떠미는 대로 남위원이 경매를 받았는데, 혼자 가기가 무엇하였던 것이다. 한사장은 그렇지 않아도 궁금하였다면서 흔쾌히 동행하였다. 한사장의 처가마을에 도착한 두 사람은 이장을 찾았다. 칠십을 바라보는 노인네였다. 하긴 농촌에서는 칠십 넘어야 노인 대접을 받는 현실이어서 아직 젊은 축에 들었다.

이 계절에 철거하기가 좋습니다. 철거비용은 군에서 보조해

주니까 이왕이면 반듯하게 정지작업을 하십시오. 아직도 돼지 똥 냄새가 나서 마을사람들이 곱지 않은 시선으로 지나칩니다. 이장의 장황한 말이 아니더라도 폐허로 방치된 양돈장은 키 높이의 잡풀로 우거져 보기 흉하였다. 이장은 골머리를 썩이던 오랜 숙원을 해결하게 되었다는 가벼운 마음이어서 고마운 마음까지 실어 보냈다.

이번에 자네가 마음을 잘 정했네. 정비해 놓으면 하다못해 고추농사를 지어도 될 게고. 남위원은 한사장의 말을 귓결로 들으며 새삼 주위를 둘러보았다. 집터로는 그만이었다. 들판 너머 저 아래 바다가 보이고, 바로 눈앞에 저수지가 하늘빛으로 찰랑거렸다. 뒤로는 병풍처럼 둘러친 산들이 정겨움을 주었다. 안락한 동네 지기들이 한마음으로 집을 지어 별장처럼 들고 나며 지냈으면 좋겠는데…….

그렇게 마음들이 움직이지 않았는가? 아직은 사정들이 여의치 않을 것이고, 당분간은 자네 말처럼 나라도 주말농장으로 가꾸어야겠지. 정지작업은 이 근처 사람에게 맡기는 게 좋겠어. 염려 놓으시오. 쌈박하게 정지작업을 해 놓고 연락 드릴테니께. 이장은 시원스럽게 말하였다. 한사장은 장인이 돌아가신 처가동네가 고적하기만 하여 구십을 바라보는 처당숙이 붙드는데도 바쁘다는 인사말로 아쉬움을 떨쳤다.

장인어른이 살아 계실 때는 양돈장에 돼지가 그득하겠다, 배짱 좋게 도야지 통구이로 밤을 지새웠는데 이제는 한낱 추억일 수밖에. 그 기분을 전환할 겸 고향에 가세. 전복이라도 맛보게. 똥돼지 대신 전복이라? 한사장은 차를 고향 쪽으로 몰았다. 차창으로 지나치는 들녘은 그야말로 황금들판이었다. 보기만 해도 넉넉함이 들어찼다. 한 알의 쌀알은 한 그릇의 밥이 되고, 한 그릇의 밥은 생명을 키우는 우주의 양식임에랴. 풍요로움은 한 알의 쌀알에서 비롯된다. 문득 이천네 할머니의 모습이 눈앞에 다가왔다.

지지리도 가난한 이천네는 봄이면 보리이삭을 주워 여름을 지냈고, 가을이면 벼이삭을 주워 모아 겨울을 났다. 이천네 할머니는 코흘리개 손자들까지 하루 종일 들판을 헤매며 주워 모은 벼이삭을 털어 그걸로 모양새도 어여쁜 떡을 빚었다. 어찌나 솜씨가 좋은지 반달떡 한 개를 선뜻 베어 물기가 아까울 정도였다. 이천네 할머니의 떡 빚는 솜씨는 인근에서 알아주어 겨울로 접어드는 긴긴밤 출출한 입맛을 다시기에는 더없이 좋았다. 아낙네들의 모임자리는 물론 머슴들이 모여 앉아 짚방석이나 새끼를 꼬는 행랑채하며, 심지어는 노름꾼들의 밤샘까지 도왔다. 가난한 집에서 식구 모두가 주워 모은 벼이삭을 찧어 빚은 떡은 한겨울을 이겨 나갈 수 있는 생명줄이었다.

저건 또 무슨 축제랑가? 한사장은 탐진강을 거슬러 오르며 바람에 나부끼는 플래카드를 가리켰다. 신경 쓰지 말고 그냥 지나쳐. 가는 데마다 축제 공해 아닌가. 남위원은 지그시 눈을 감았다. 갯내음이 차창에 들이치며 저 멀리서 해조음이 들려

왔다. 아름다움은 마음에서 일어나는 것. 물큰 향수가 씹히면서 손안에 움켜쥐면 피가 맺혀 나지 싶은 섬의 자태가 나타났다. 바닷물이 발치에서 찰랑거리며 반기었다. 전복양식을 하는 선배집 선창가였다.

어따, 뭔 일이다냐. 김선장도 낚시질을 와서 저기 바다 가운데 있다. 선배는 생각지도 못한 반가움을 입가에 지펴 물었다. 카우보이모자를 깊숙이 눌러쓴 모습은 여전하였다. 우리도 모르게 낚시질을 오다니요? 그럼, 모르고 왔냐? 나는 사전에 교감이 있었는 줄 알았는디. 어여, 배에 타거라. 선배는 김선장이 낚시를 하고 있는 바지선으로 배를 몰았다. 가두리 양식장은 몇 년 전 태풍으로 망가졌고, 바지선만 난파선처럼 볼썽사납게 물 위에 떠 있었다.

자네들이 여기는 무슨 바람이여? 허어, 우리가 할 소리를 하는구랴. 한사장은 깜짝 놀라는 김선장의 행동거지를 눈 흘김으로 받아쳤다. 나야, 마음이 심란해서 왔지만 자네들은 웬 일이여? 김선장의 변명 비슷한 말은 궁색하게만 들렸다.

입씨름 그만들 하고 뭘 좀 낚았어? 감성돔 몇 마리 올렸어요. 그걸로 술부터 한 잔씩 들지. 선배는 알량하게 분위기를 띄웠다. 감성돔이 그물망에서 제법 파닥거렸다. 선배는 익은 솜씨로 그걸 장만하였다. 오랜만에 빼꼬시를 맛보네. 이 맛으로 낚시하는 것 아닌가. 파도가 엉덩이 밑을 들이치는 바지선 낡은 나무 바닥 위에 둘러앉았다. 검실검실 파도치는 바다 위에서 드는 술맛은 고향이 아니고서는 맛볼 수 없을 것이다.

한사장 처갓집 양돈장 정지작업차 내려왔다고? 자네가 경매를 받았다는 말은 들었네만 정말 별장이라도 지을 셈인가? 그냥 놀리면 되겠는가. 한사장 말처럼 하다못해 고추라도 심어야지. 시방 뭐라고 했는가? 자네가 엉뚱한 곳으로 귀촌한다고? 선배는 금시초문이라는 듯 반문하였다. 시급한 사항이 아닙니다. 시골로 내려오려면 고향으로 내려와야지 그 무슨 변괴여? 서울 살던 기원이도 머지않아 고향에 내려오기로 하였네. 나이 먹어 가면서 고향에서 뼈를 묻어야 할 것 아닌가.

그 선배가요? 남위원은 의외란 듯 반문하였다. 정기원이라면 일찍 고향을 떠나 자수성가한 사람이었다. 아버지가 좌익으로 몰려 처형당하자 더 이상 고향에 눌러살 수 없어 객지에 나가 고생 끝에 성공하였다. 들리는 소문에 의하면 고향을 떠난 뒤 한 번도 고향을 찾지 않았다고 하였다. 친척들과도 소원한 관계로, 명절 때나 기제사는 물론 집안의 대소사에 일체 얼굴을 내밀지 않고 지낸다는 것이었다. 그렇던 정기원이 만년에 고향에 내려와 노후를 지내겠다니 선뜻 이해가 가지 않았다.

그 친구 나름대로 고민을 많이 했는갑더라. 세상이 좋아졌다고는 하지만 아직도 좌우대립이 여전히 탈바가지를 쓰고 있지 않냐. 그런데 이번에 강제로 빼앗기다시피 한 땅을 찾았다고 하더라. 그곳에 부모님을 안장하고 집을 짓고 살겠다는 거야. 굉장한 결단이었군요. 심리적 보상차원의 해원이랄까, 그런 요인도 깔려 있을 법하고요. 아무튼, 아버지 세대는 가고, 화해의 차원에서 서로를 보듬어 안고 살아야 안 쓰것냐. 그런디 자네는 엉뚱한 곳에서 둥지를 틀어야? 새로운 개척지도 좋지요. 너무 나무라지 마시오. 김선장은 남위원의 입장을 거들었다. 한사장이 자리에서 벌떡 일어나더니 낚싯대를 끌어당겼다. 감성돔이 은빛 비늘을 드러냈다.

전복 좀 따 오마. 선배는 배를 타고 나가더니 바로 지척 양식장에서 전복을 따 왔다. 물큰 짭질하고 쫄깃한 고향 맛이 입안에 배어났다. 헌디, 너는 무슨 고민을 살풀이하자고 내려왔냐? 우리도 모르게. 세상에 고민 없는 사람이 어디 있것냐. 선배는 전복을 장만하며 김선장의 편을 들었다. 선배는 김선장이 울적하게 혼자 내려온 속내를 아는 듯하였다. 마누라가 갑자기 집에 들어오지 않아. 그만한 사정이 있겠지. 아예 연락두절이란 말인가? 일일관광버스를 타고 나가서는 돌아오지 않아. 세상을 살자 하니…….

김선장은 참고 있었던 울화통을 터뜨렸다. 그 나이에 바람이 나지는 않았을 것이고, 사고라도 당한 건가? 모르는 소리 마라. 뒤늦게 첫사랑을 만났다는 거야. 기가 막혀서. 야하, 축하할 일이다. 황혼녘에 동트는 새벽별을 보았다니 얼마나 소중한 만남이었겠냐. 오히려 네가 축하를 해 주어야지. 첫사랑이 누구였을까? 한사장 첫사랑은 순점이 아니었던가? 그랬던가? 기억이 영 등잔불이네. 첫사랑을 기억하고 만날 수 있었다면 정말이지 행운이야. 시덥잖은 소리는 그만 집어치워. 남은 속앓이를 하는데 무슨 잠꼬대 같은 소리야. 김선장은 한숨을 술잔 속에 삼켰다. 세상을 살다 보니 별 희한한 일을 당할 줄이야.

*

김선장 부인은 일일관광버스 안내원이 지정해 준 대로 하루 짝꿍과 좌석을 함께하였다. 어디서 본 듯한 얼굴인데, 선뜻 기억해 낼 수 없었다. 상대도 고개를 갸웃하였다. 휴게소에 한 번 들르고, 시원한 캔맥주를 나누고 나서 서먹한 기운을 걷어 낸 두 사람은 말문을 열었다. 어디서 본 듯한 얼굴이라고. 저도 생각 중입니다. 과거로, 과거로 돌아가는데, 어디쯤에서 멈출 줄 모르겠어요. 두 사람은 퍼즐을 찾아 꿰맞추듯 서로의 집합점을 찾아 나섰다. 고향이 문산이라고요? 그곳에 저의 막내이모님이 살았어요. 세한댁이라고. 그때가 고등학교 시절이었지요. 여드름을 포도송이처럼 달고 주말이면 막내이모 집을 즐겨 찾았어요. 오메야! 세한댁 아지매 웃마실 동물농장을 했던 집도 알겠네요. 그녀는 비로소 치막하게 가렸던 망각의 안개를 걷어 냈다. 이럴 수가! 그녀는 화들짝 놀랐다. 가슴이 울렁거리고 그 시절, 소녀시절로 돌아가면서 얼굴을 붉혔다.

알다마다요. 가만있자, 그럼 그 농장집 따님? 어쩔끄나. 이렇게 만날 줄이야. 반갑고 눈물겹네요. 재회의 기쁨이 이런 것일 줄이야. 두 사람은 너무나 달라진 서로의 모습을 바라보며 희뿌옇게 다가오는 첫사랑의 그림자를 즈려밟았다. 그녀의 아버지는 진주 농대에 재직하고 있는 외삼촌의 지원과 조언 아래 뒷동산에다 소, 돼지, 닭, 토끼, 개, 심지어는 사슴까지 길렀다. 그는 막내이모 집에 오면 어김없이 그녀 집 뒷동산으로 꽃사슴을 보러 갔다.

이게 무슨 인연이오? 그때 여리고 수줍은 모습은 가고 없지만 이제 보니 눈매는 여전합니다. 봄눈이 내리던 그날, 내가 건네준 편지를 기억하겠군요. 잊은 줄 알았는데 살며시 기억이 나네요. 영원히 품속에 간직하라고 쓴 편지였어요. 아, 이렇게 만날 줄이야. 그는 그녀의 손을 잡으며 새삼 세월의 무게를 실감하였다. 그동안 세월이 얼마나 흘렀는가. 까마득히 잊히고 망각해 버린 얼굴이 진흙 속에서 발견한 진주처럼 반짝 빛을 발할 줄이야.

마지막 편지는 잊고 있었어도 은행나무 그늘 아래에서 들려주던 하모니카 소리는 아직도 가슴에 간직하고 있어요. 옛날 동물농장은 없어졌어도 은행나무는 아름드리로 하늘을 이고 있고요. 그녀는 가슴을 모아 쥐며 얼굴을 붉혔던 소녀시절로 돌아갔다. 아, 그래요. 그 또한 여드름이 빼곡하던 학창시절을 떠올렸다. 주말마다 막내이모 집을 찾을 때면 자석에 이끌리듯 동물농장으로 향하였다. 꽃사슴을 보러 간다지만 사실은 첫사랑을 만나기 위해서였다. 그녀는 가만스레 기다리고 있었다.

그날은 돼지우리 근처에서 남정네들 몇이 진을 치듯 둘러서 있었다. 그는 언제 보아도 가녀리고 연약한 꽃사슴을 둘러보고 그녀가 기다리고 있을 은행나무 아래로 갔다. 동산 위쪽에 자리한 은행나무는 가을이면 무수한 은행을 달고서 샛노란 은행잎을 바람에 떨구었다. 그날은 하늘거리는 봄눈이 바람에 뒹구는 은행잎을 대신하였다. 오늘은 사람들이 많네. 우리 외삼촌이 돼지 시집장가를 보내는 중이야. 그럼, 사모관대와 족두리를 써야겠네. 그 말에 그녀는 귓불을 붉혔다. 이쪽으로 돌아앉아. 하모니카를 불어 줄 테니까. 그는 돼지우리가 보이지 않는 서쪽하늘을 바라보고 하모니카를 불었다. 하모니카를 불고 나서 그는 서늘한 눈길로 품속에서 편지를 꺼냈다. 이건 영원히 가슴에 간직하는 거야. 마음의 언약이거든. 아버지가 서울로 직장을 옮기셨어. 두 눈을 감고 입맞춤하듯 꾹 눌러 말하였다. 그녀는 그날 밤새워 가슴을 앓았다. 귓불에 닿은 그의 입김이, 촉촉하게 젖은 입술이 파삭하게 메마른 그녀의 입술을 적시던 황홀감이, 이제는 멀리 떠났다는 이별의 아픔이, 열병을 앓게 하였다.

그날, 내가 하모니카로 무슨 노래를 불러 주었는지 기억하시오? 기억하고말고요. 첫사랑 언덕이었어요. 저도 부산에서 직장생활을 하면서 명절 때나 휴가 때면 고향에 내려가 은행나무 아래에서 추억을 새기며 그 노래를 흥얼거렸어요. 왜, 갑자기 소식을 끊었어요? 아버지를 따라 전학한 뒤 낯선 학교 분위기와 대학 입시준비에 정신이 없었어요. 시골 학교생활과는 전혀 달랐어요. 가슴으로 그리움을 삭이다가 세월과 함께 묻히게 된 거예요. 저 역시 아버지께서 돌아가시고 시골 동물농장을 정리한 뒤로 부산으로 나와 고향을 잊다시피 하였어요. 그랬었군요. 우리에게 시절은 빠른 속도로 변화를 가져왔어요. 세월처럼 빠른 게 없고, 빠른 만큼 망각의 두께를 두텁게 내두르고요. 그리고 환경의 지배만큼 무서운 게 없어요. 먹고사는 문제와 직결되기에 압박감으로 작용하였고요. 우리 세대는 유별나게 굴곡진 세태에 순응해야 했어요. 다행스럽게도 지금의 남편을 만났고요.

두 사람은 목적지에 도착하는 동안 서로가 살아온 삶의 여정을 이야기하였다. 산을 오를 때도 정다운 연인처럼 올랐다. 잊어버린 첫사랑을 찾았으니 앞으로도 종종 산행을 즐깁시다. 우리가 이제 건강한 육신으로 살면 얼마나 살겠어요. 동감이에요. 아이들도 다 키웠겠다, 외로움을 묻어야죠. 그녀는 원양어선에서 내린 뒤부터 시도 때도 없이 바람처럼 배낭을 짊어지고 집을 나서는 남편을 떠올렸다. 어떨 때는 집에 버려진 듯 외로움이 묻어나 불만이었다.

두 사람은 일행들이 저만큼 앞서 산을 내려가는 모습을 바라보며 올망졸망 이야기를 나누며 하산하였다. 가파른 바위 등성이를 만나 조심스럽게 내려오는데, 그녀를 붙잡아 주려던 그가 어마지두, 바위 아래로 굴러 떨어졌다. 졸지에 일어난 사고였다. 부축해 일으켰을 때는 한쪽 다리를 쓰지 못하였다. 급히 119를 불러 병원에 입원시켰다.

자네 마누라가 첫사랑 병간호를 한단 말이지? 그쪽 부인은 없는가? 그렇다네. 이게 될 법한 일인가? 참으로 난망하고 심난하구만. 그러게. 다른 사람도 아니고 첫사랑이라니. 얼마나 가슴 뭉클하며 아릿한 전경인가. 그렇다고 김선장 부인이 배반하지는 않을 것이다. 김선장과 살아온 여정이 어디 보통이었는가. 그리고 우리 나이가 얼마인가.

황혼 이혼이 급증하는 세상 아닌감. 심각하게 잡도리 잘혀. 선배는 뉴스로 회자가 된 사례를 들며 긴장감을 부추겼다. 김선장 부인은 그럴 사람이 아닙니다. 꿈에도 떠올릴 수 없었던 첫사랑을 만났는데, 불의의 사고를 당하였는지라 마음이 아픈 게지요. 곧 평상심으로 돌아올 겁니다. 첫사랑보다 더 진한 열애 끝에 결혼하지 않았습니까. 그건 그래. 마누라가 한참 방황할 때 나의 존재는 마음의 위안처이자 영원한 안식처였으니까.

김선장은 다소 가벼운 마음으로 안심이 된다는 듯 술잔을 들었다. 제대복을 입고 먼 바다로 나가기 위해 부산행 열차를

탄 김선장 앞에 그녀가 나타난 것은 운명이었다. 아까부터 마주 앉은 그녀는 시종 우울하고 고적한 모습으로 차창 밖을 바라보고 있었다. 김선장은 그녀가 퍽 안쓰러워 보였다. 마침 배도 출출하여 지나치는 매점원에게 삶은 계란과 캔맥주를 샀다. 한 개 들어보시라고, 그렇게 말문을 꺼낸 김선장은 몇 번 사양하다가 삶은 계란을 받아 든 그녀와 대화를 나누었다. 그렇게 만난 그녀와의 열애는 햇수로 삼 년 동안 지속되었고, 사랑이 무르녹은 계절 백년가약을 맺었다.

오늘에 이르기까지 김선장이 원양어선을 타고 바다를 누빌 때도 그녀는 열녀의 마음으로 기다림과 그리움을 가슴에 모두며 살뜰히 가정을 지켜 왔다. 누가 뭐라 해도 다복한 가정을 꾸린 부부애였다. 그래, 첫사랑이 무어 대수냐. 살아온 만큼 다져 온 사랑은 천 년을 지탱하는 주춧돌이 아니겠느냐. 김선장은 입질을 하는 낚싯줄을 끌어당겼다. 월척이라도 낚아 올린 듯 흔감하였다. 배 한 척이 물찬 제비처럼 다가왔다. 김선장의 동생이었다.

고향에 내려왔으면서 집에는 들어오지 않고 여기서 뭣 하는 거요? 보면 모르것냐. 세월을 낚고 있다. 어머님이 기다리셔요. 이 친구가 어머님도 안 뵈었구만. 큰 불효를 했네. 형님들도 같이 가십시다. 김선장의 동생 말을 좇아 바지선을 뒤로 하였다. 김선장의 동생은 전복으로는 부족하다면서 가두리 양식장에 들렀다. 제주도로 나아가는 물 깊은 곳에 자리하고 있었다. 아낙네가 모자를 깊숙이 눌러쓰고 먹이를 던져 주고 있었다.

제수씬가 보네. 뒤늦게 마누라 하나는 똑소리나게 얻었어. 횟감 수송이야, 집안일이야 어디 하나 흠잡을 데 없다. 선배가 침이 마르게 칭찬하며 배를 바지선에 댔다. 배 두 척이 일으키는 너울이 가두리 양식장을 어루었다. 김선장의 제수씨가 마주쳐 왔다. 어머나, 선생님 아닌가요? 그녀는 모자를 벗고 김선장에게 인사를 드리려다 말고 남위원을 발견하고 깜짝 반겼다. 간호사였다. 놀라기는 남위원도 마찬가지였다. 청해진이라 해서 어딘가 했더니 김선장의 제수씨일 줄이야!

두 사람이 아는 사이여? 선배를 비롯하여 모두가 눈을 화등잔만 하게 떴다. 제가 부산 살 때 안락한 동네와 인연이 있었어요. 간호사는 남위원이 말하기 전에 에둘러 말하였다. 남위원은 금방 알아차렸다. 그녀의 전직이 간호사였다는 사실을 가슴에 묻어 두었다는 것을. 인연이 있었다? 안교장과 이선생과도 잘 알아. 자네들만 안락한 동네에 즐겨 오는 줄 알았는가? 남위원은 한사장의 의구심을 꾹 누질렀다.

그럼, 제수씨가 한때 문학소녀였던가? 그런 점이 다분해요. 매일 일기를 쓰거든요. 김선장의 말에 그의 동생은 한술 더 떴다. 남위원을 바라보는 간호사의 얼굴 한켠에 소곳한 웃음이 떠돌았다. 그녀만이 간직하고 싶은 내면의 비밀스러움. 왜 굳이 전력을 내보이지 않았는지 남위원으로서는 이해가 갔다.

제수씨가 든든한 고향친구 뒷배를 지니고 있는 줄은 몰랐어요. 덕분에 술자리가 더욱 향기롭겠어. 선배는 전복을 간호사에게 안겨 주었다. 남위원은 문득 안교장과 이선생이 함께 어울렸더라면 좋았을 것이라고 아쉬움을 잘근 깨물었다.

*

남위원은 양돈장 정지작업을 마무리하였다는 연락을 받고 한사장의 처가마을로 갔다. 이선생과 안교장, 그리고 강시인도 동승하였다. 어디선가 가을을 비질하는 바람이 피부에 와 닿았다. 백일홍이 보기 좋군. 가로수로는 품위가 있어요. 이선생은 도로 주변에 늘어서 있는 자미화를 바라보며 향수를 머금었다. 어려서 마을 앞, 휘움하게 돌아가는 나지막한 동산에 사백 년이 넘는 자미화가 흐드러져 있었다. 일 년에 백 일 꽃이 핀다 하여 백일홍이라고 하였던가. 마을사람들 모두가 당산나무 이상으로 외경스러워하였다. 전해 내려오는 구전에 의하면, 고려가 망하고 조선왕조가 들어서자 두 임금을 섬길 수 없다며 절개를 지킨 두문동 칠십이 현의 한 자손이 끝끝내 선대의 절개를 지키기 위해 남루한 행색으로 유리걸식하다시피 방랑하다 지친 몸을 자미화 꽃그늘 아래 잠시 쉬어가기로 하였는데, 그만 잠이 들어 영영 깨어나지 못하였다. 나라에서는 그 절개를 가상히 여겨 추모비를 세우고 자미화를 그 사람의 표상으로 삼게 하였다.

품격이 높은 나무지요. 그런데 이곳에 오니 가뭄이 상당히 깊었는가 봐요. 저수지물이 메말라 잉어, 붕어, 가물치가 목이 마르겠어요. 정말 심각한 문제가 아닐 수 없어요. 앞으로는 하루를 이십오시로 정해야 한다는 과학적인 근거를 말하는 사람도 있다는군요. 지구의 자전 속도가 점점 느려진다는 거요. 그 모든 이상 징후가 인간이 저지른 결과물이오. 신의 아들로 자처한 인간이 가장 사악한 동물이오. 그 업보를 서서히 받는 거요. 너무 알싸한 예감 아니오? 그렇게 생각하면 살맛이 싹 가시지 않소. 우리는 아직은 풍요로운 땅을 가지고 있잖아요. 한 사장은 허드레 소리로 심각한 분위기를 눙쳤다. 어느 사이에 목적지에 도착하였다. 흉물스럽게 버려졌던 양돈장은 말끔하게 정돈되어 있었다. 시뻘건 황토흙으로 잘 다져 있었다. 누가 이곳을 양돈장이었다고 말하겠는가. 미리 연락을 받은 이장이 들머리에 서서 반겨 맞았다.

정지작업을 감독하느라 애쓰셨습니다. 수고랄 게 있습니까. 어떠시오? 눈앞에 금방 별장이 그려지지요? 텃세는 없습니까? 옛날에는 마을마다 자자일촌으로 뿌리를 내려서 타성받이들이 알게 모르게 따돌림을 받고 서러움을 당했지만, 요즘은 사람이 있어야 말이지요. 선생님들 같으면야 대환영이지요. 아무튼, 이장님만 믿겠습니다. 고추농사를 짓더라도 말입니다. 수고도 하셨고, 어디 가서 술이나 한잔 하십시다.

남위원의 제안에 이장은 사양지심을 내보이다가 부녀회장 둘째아들이 운영한다는 음식집으로 안내하였다. 숙박시설까지 갖춘 집이었다. 양돈장도 정지작업을 하였고, 그 기념으로 삼겹살이 좋을 것 같다는 이장의 제안에, 이선생은 이왕이면 애돼지 한 마리를 잡자고 한술 더 떴다. 이장은 추임새를 놓듯 시중에서는 삼겹살이 금겹살이었는데 어느새 값이 내리막길이어서 이래저래 속앓이를 한다는 것이었다. 부녀회장 아들은 주문대로 애돼지를 잡았다. 애돼지 한 마리를 잡으니 확실히 푸짐하였다. 우선 돼지머리를 들고 가서 정지작업을 한 땅에 고사를 지냈다. 한사장 장인어른도 지하에서 흐뭇하게 여길 터였다. 지신에게 고사를 지내는 동안 무슨 일인가 싶어 지침지침 구경 나온 마을 노인네들을 모시고 걸판진 잔칫상처럼 술을 들었다.

허허, 선상님들이 우리 마을에 오면 생기가 돌겠어. 요즘은 경기도 안 좋고, 아들 며느리 눈치보기도 민망할 때가 많으이. 흡족하게 드십시오. 저희들도 다들 시골 태생입니다. 암만. 도시의 팔구할은 시골에서 올라간 사람들인께. 인자, 하나둘 고향을 찾아와야 할 것인디, 시골경제가 어디 그런감. 갈수록 동공현상이여. 사방에 내놓은 경매물이 오늘의 농촌 실정을 단적으로 말해주이. 노인네들은 흔감해하며 곤궁한 농촌경제를 대책 없이 몸으로 안고 산다는 듯 술잔 속에 한숨을 죽였다. 일행은 먹다 남은 돼지고기를 노인들을 위해 이장에게 안겨 주고 밤늦어 귀로에 올랐다. 시골인심은 조금도 변하지 않았어. 안교장의 목소리가 별똥별처럼 의식 저 너머로 아스라이 사라졌다.

정형남

현대문학 추천
월간문학 신인상
세계의문학 중편 『난동(暖冬)』 발표

작품 활동
창작집 : 『수평인간』 『장군과 소리꾼』 『진경산수』
중편집 : 『반쪽거울과 족집게』 『백갈래 강물이 바다를 이룬다』
장편소설 : 『숨겨진 햇살』 『높은 곳 낮은 사람들』 『만남, 그 열정의 빛깔』 『여인의 새벽』(전 5권) 『해인을 찾아서』(대산창작지원금 수혜) 『토굴』 『천년의 찻씨 한 알』(문예진흥기금 수혜) 『삼겹살』(문화체육관광부 우수교양도서 선정) 『감꽃 떨어질 때』(세종우수도서, 전주영화제 작품 선정) 『남도』(전 5권), (제1회 채만식문학상 수상)

:: 산지니 · 해피북미디어가 펴낸 큰글씨책 ::

문학

보약과 상약 김소희 지음
우리들은 없어지지 않았어 이병철 산문집
닥터 아나키스트 정영인 지음
팔팔 끓고 나서 4분간 정우련 소설집
실금 하나 정정화 소설집
시로부터 최영철 산문집
베를린 육아 1년 남정미 지음
유방암이지만 비키니는 입고 싶어 미스킴라일락 지음
내가 선택한 일터, 싱가포르에서 임효진 지음
내일을 생각하는 오늘의 식탁 전혜연 지음
이렇게 웃고 살아도 되나 조혜원 지음
랑(전2권) 김문주 장편소설
데린쿠유(전2권) 안지숙 장편소설
볼리비아 우표(전2권) 강이라 소설집
마니석, 고요한 울림(전2권)
페마체덴 지음 | 김미헌 옮김
방마다 문이 열리고 최시은 소설집
해상화열전(전6권) 한방경 지음 | 김영옥 옮김
유산(전2권) 박정선 장편소설
신불산(전2권) 안재성 지음
나의 아버지 박판수(전2권) 안재성 지음
나는 장성택입니다(전2권) 정광모 소설집
우리들, 킴(전2권) 황은덕 소설집
거기서, 도란도란(전2권) 이상섭 팩션집
폭식광대 권리 소설집
생각하는 사람들(전2권) 정영선 장편소설
삼겹살(전2권) 정형남 장편소설
1980(전2권) 노재열 장편소설
물의 시간(전2권) 정영선 장편소설
나는 나(전2권) 가네코 후미코 옥중수기
토스쿠(전2권) 정광모 장편소설
가을의 유머 박정선 장편소설
붉은 등, 닫힌 문, 출구 없음(전2권) 김비 장편소설
편지 정태규 창작집
진경산수 정형남 소설집
노루똥 정형남 소설집
유마도(전2권) 강남주 장편소설
레드 아일랜드(전2권) 김유철 장편소설
화염의 탑(전2권) 후루카와 가오루 지음 | 조정민 옮김
감꽃 떨어질 때(전2권) 정형남 장편소설
칼춤(전2권) 김춘복 장편소설
목화-소설 문익점(전2권) 표성흠 장편소설
번개와 천둥(전2권) 이규정 장편소설
밤의 눈(전2권) 조갑상 장편소설
사할린(전5권) 이규정 현장취재 장편소설
테하차피의 달 조갑상 소설집
무위능력 김종목 시조집
금정산을 보냈다 최영철 시집

인문

엔딩 노트 이기숙 지음
시칠리아 풍경 아서 스탠리 리그스 지음 | 김희정 옮김
고종, 근대 지식을 읽다 윤지양 지음
골목상인 분투기 이정식 지음
다시 시월 1979 10 · 16부마항쟁연구소 엮음
중국 내셔널리즘 오노데라 시로 지음 | 김하림 옮김
파리의 독립운동가 서영해 정상천 지음
삼국유사, 바다를 만나다 정천구 지음
대한민국 명찰답사 33 한정갑 지음
효 사상과 불교 도웅스님 지음
지역에서 행복하게 출판하기 강수걸 외 지음
재미있는 사찰이야기 한정갑 지음
귀농, 참 좋다 장병윤 지음
당당한 안녕-죽음을 배우다 이기숙 지음
모녀5세대 이기숙 지음
한 권으로 읽는 중국문화 공봉진 · 이강인 · 조윤경 지음
차의 책 The Book of Tea
오카쿠라 텐신 지음 | 정천구 옮김
불교(佛敎)와 마음 황정원 지음
논어, 그 일상의 정치(전5권) 정천구 지음
중용, 어울림의 길(전3권) 정천구 지음
맹자, 시대를 찌르다(전5권) 정천구 지음
한비자, 난세의 통치학(전5권) 정천구 지음
대학, 정치를 배우다(전4권) 정천구 지음